relatos
santiago fúnez

Relatos
Primera edición 2022

Portada: David Soto

Diseño, edición y diagramación: Santiago Fúnez

Copyright © 2022 Santiago Fúnez
Todos los derechos reservados.

Para disfrutar plenamente de esta lectura, es aconsejable escuchar las canciones que van apareciendo a través de sus páginas. Para ayudar a dicho propósito, se facilita este código QR, que direcciona a una *playlist* de Spotify.

Una persona moralmente irreprochable no escribe libros.
GIORGIO MANGANELLI

Tenoch se cuestiona a cada paso, y pese a ello, ninguna de sus reflexiones le ayuda a forjar una postura definitiva. Todo es tedio y perplejidad. Tampoco sabe sosegar las fuerzas que acentúan su ineptitud, así que ignora sus achaques mientras ve cómo se derrumba el asfalto sobre sus pasos. Recuerda, por otro lado, el sueño que tuvo por la madrugada. Se soñó saltando de un escalón a otro, como si saltase en una palabra y cada sílaba fuera un peldaño. Previo al sueño, tuvo sexo con Mariela. También recuerda la plática que sostuvo con ella mientras caminaban a su apartamento. Describió, con las palabras algo tambaleadas por el clonazepam, su autobiografía sentimental con una franqueza admirable. Entre otras cosas, tiene 45 minutos para reunirse con sus irreparables amigos en el estanco-pulpería Amalia. Se da un par de palmaditas en el estómago, como presagiando. Sube al colectivo. La ciudad se desliza por la ventana. Al llegar, saluda a sus camaradas con efusiva amabilidad, se adhiere a la mesa y luego observa, mientras coge aire, a una chica desaliñada y hermosa que, al fondo del bar, mira hacia el suelo de forma extraña. Para Tenoch, cuando alguien mira el piso suele pensar en el pasado y cuando alza la vista, en el futuro, así que por ello sus ojos miden de lleno aquella silueta y sufre una novedosa sensación, pero pronto olvida el asunto al ver la cantidad de alcohol que sus amigos compraron, pronosticando así, como siempre que prevé, que algo tendrá que salir mal, así como además sabe que luego de varios tragos olvidará de sopetón el pronóstico. La tarde se viste de pláticas. En la mesa de Tenoch, como en las demás, todos se empeñan en hablar al unísono. La muerte del cuerpo es del todo insignificante, es el acontecimiento más nulo que le puede suceder a una persona, dice uno de sus amigos, imitando a Billy the Kid y mientras simula rotar el tambor de su revólver irreal. Tenoch escucha, pero sin ganas, lamentando un poco no poder interesarse y mientras disuelve, como es su hábito, la equivalente cantidad de yuscarán y jugo de piña con el índice. Procura entonces ignorar ésa y las demás locuciones etílicas y vuelve otra vez su rostro hacia la chica guapa y desaliñada que ahora mira de forma extraña su cerveza. Quiere acercársele, pero le parece inoportuno. Ciertamente tal escenario produce en él una vaga fascinación, si acaso la fascinación se manifiesta de forma vaga. A su alrededor todos se embriagan. Tenoch no es la excepción. Resuelve entonces desengrapar sus timideces y sacar a la chica de su aislamiento. Bien lo sabe: el pensamiento es menos noble que el acto mismo. Se acerca a la rocola, sigue las indicaciones y elige la canción *Major Tom* de Peter Schilling. Envalentonado, se dirige hacia la chica con la certeza de que tal arrojo será recapitulado en su eventual resaca. Le saluda, exhibe su interés. Ella sonríe, asaz coqueta. Toma una silla plástica, la arrastra hacia la joven y toma asiento. Pregunta su nombre, lo escucha, luego vuelve a la carga y le pregunta ahora qué estudia, a qué se dedica (*Four, three, two, one...*). Tenoch se limita a contemplarla. La nueva réplica le obliga a recoger un silencio exasperante, el éxtasis roe sus arterias: la joven es prepago. Bebe de golpe lo que queda de su cerveza y ahora observa a la chica con su cara de póker. No es necesario añadir un fonema más. Tenoch sabe que las palabras son a veces como latas vacías. Presa de un garbo desconocido, toma a la chica de la mano y, por el largo callejón de paredes desnudas, la lleva hacia el baño. Ella, por su parte, no muestra sus cartas, no pone objeciones. En el baño se aferran a los ojos del otro con novelesca proximidad. El tibio olor a orín es desapercibido. Tenoch pregunta por el costo y ella le dice que, con un par de cervezas y una bonita plática, todo está bien, que él le gusta. Entonces Tenoch busca en su bolsillo el preservativo que sobrevivió a Mariela y, mientras rompe el embalaje, ella desajusta su cinturón y luego baja, habilidosa, los pantalones de cada quien. Tenoch la empuja contra la pared, y al principio lentamente, la penetra. También reconoce la canción que ahora suena en la rocola: *I Ran* de A Flock Of Seagulls. 14 minutos después, él antes que ella, sale del baño, más confundido que nunca, contrariado. Asimismo, ha decidido largarse. Retorna por el largo callejón mientras se ajusta el zíper, luego trapea el sudor de su frente con el brazo. Se acerca a la mesa de sus amigos y se despide, sin dar explicaciones, a pesar de que a ellos se les nota la envidia y el agravio. Enciende un cigarrillo. Se acerca a la calzada y consigue frenar un taxi. Facilita la dirección y pregunta el costo. Asiente, juzga el precio como razonable. Sube al asiento trasero del automóvil. El conductor, viéndole por el retrovisor, le sugiere que apague el cigarrillo, y Tenoch obedece, pero decide inhalar de nuevo, justo cuando se pregunta de qué va su vida. Entonces, antes que el humo llegue a sus pulmones y de arrojar por la ventana la colilla, obtiene su respuesta.

Pinturas en braille

¿No es el amor una patada en la cabeza?
FRANK SINATRA

Llegué al penitenciario el siete de junio de 1986, poco antes de que se propagara, hasta por debajo del embaldosado, el deceso de Jorge Luis Borges. Meses atrás murió también Edmundo Rivero, magistral intérprete de tango y a quien a diario reproducían en Radio Splendid. Ocurrieron cosas muy inusuales en aquel verano de 1986, puesto que, justo cuando me pillaron con ocho gramos de cocaína en la guantera, Luis Puenzo alzaba, de manos de quienes suscitaron aquí tanta tortura, la estatuilla en la categoría Mejor película Extranjera.

En aquellos días me ganaba el mate gracias a la ninguneada faena de subtitular. Tenía veintidós años, y gracias a la paciencia desmedida de Marcelo Spollietti, hacía el caldo gordo tecleando subtítulos cinematográficos y a veces documentales.

Spollietti era un entusiasta del *film noir* y la poética angla, y a pesar de que recitaba, mientras el humo del cigarrillo cegaba su ángulo de visión, largos poemas de Esteban Moore y de Góngora, aseguraba que nunca se le había dado la escritura. Así que nuestro afán se reducía a drogarnos hasta las cejas, repasar diálogos y oficiar la alquimia de los zócalos amarillos en la parte baja de las imágenes en movimiento. Sin embargo, el suceso más sobresaliente en aquella época fue *conocer* a Estella Pagani, quien me puso de vuelta y media al solo verla. A fin de abreviar hasta qué punto luché contra mi cobardía, basta con decir que todas las noches, durante su estadía en el Hotel Essence, me sentaba en la barra del lobby y bebía un par de costosas pampeanas.

Resulta que a Estella, ya que su apellido figuraba con cierta mínima y misteriosa fama entre las nuevas actrices bonaerenses, la incitaron a formar parte del resurgimiento de *Los compadritos*, obra de Tito Cossa que se inauguró un año antes y que, por asuntos presupuestarios, echaron al váter. Pero nada de esto lo supe por ser aficionado al teatro, todo esto lo averigüé poco después.

La miré por primera vez en la avenida Dr. Ricardo Balbín. Ella estaba en la otra orilla, envuelta por un abrigo de tweed y bajo la parpadeante luz de una farola.

Una mina bárbara, una joya.

Movido por fuerzas que desconozco (no soy de los sujetos que frenan con facilidad a una mujer en la calle; francamente: en ningún sitio), franqueé los automóviles hasta ubicarme a unos metros del bolso que reposaba entre sus piernas. Desde ahí pude ver cómo la brisa esparcía su cabello desatendido y lo ceñía a su mejilla; miré sus labios, su piel pálida, miré además sus manos desenguantadas; se parecía de tal modo a las féminas descripciones de Chéjov que decidí, sin sospechar que por tal arrojo acabaría destrozado y hundido, interrumpir su meditación.

—*È tardi. La fine della giornata incombe, già si abbuia l'aperta foltoerbata ripa lasciata dai rientranti...* —dijo al reparar en mi fanfarrona proximidad.

Con el tiempo supe que lo dicho eran un par de líneas del poeta Mario Luzi, y porque varios signos se atornillaron en mi cabeza de tal modo que aún hoy resuenan con filo abominable. En ese instante sentí cómo mis huesos se volvían onomatopeyas y flores; sin embargo, luego de varios traspiés flemáticos volví a la carga y le pregunté qué significaban sus palabras. Ella continuó mirando el embaldosado, apenas se volteó para desclavar el humo. Por mi parte, no sabía si ponerme la máscara de fracasado y largarme o solo largarme y continuar con mi vida normal de fracasado.

No obstante, días después, presa de un raro optimismo y algunos vales de acceso, contemplé su pollera roja desde el doceavo pabellón de asientos del Cervantes; si bien a veces, por mis demoras, ocupaba los asientos más retirados. Cuando Estella aparecía, coronando la obra con sus amplios soliloquios de éxtasis y silencio, la examinaba con inagotable asombro, pero al verla abandonar la escena no hacía más que tratarme de ridículo y fofo. Hasta que un día (risibles huellas me hacían intuir que había cruzado ciertas fronteras puesto que, al volver Estella del Cervantes al Essence, volcaba una mirada nada reprimida hacia la barra) el barman me advirtió, expresándose como un ventrílocuo, que Estella se dirigía hacia la tabla. Fue así como se *extinguió* mi condición de perseguidor y de fantasma.

Siempre fui patológicamente introvertido, y acaso por ello evoco la inquietud que me produjo todo aquello: Estella se acomodó en la butaca de al lado, pidió un cóctel, recostó su rostro en la palma de su mano y luego me miró con una expresión contenida y atrayente; no llevaba más joyas que un pequeño par de pendientes de camafeo y estaba prácticamente despeinada; no solo era guapa, era también encantadora.

Su actitud me ablandó de tal modo que bebí de la pampeana como si fuera urgente, luego dirigí la vista hacia el barman, quien elaboraba la bebida. No supe cómo reaccionar ni qué decir; estaba a medias aterrado y tres cuartas partes enamorado.

Ella se rió un poco de mi cobardía, pero sin ninguna burla, luego sopló en vano un mechón de cabello que se deslizó hasta su nariz; tuvo que situar al forajido tras su oreja con la mano. Luego se levantó de la butaca, bebió el cóctel y lo cargó a su habitación, enseguida me miró y dijo:

—¿Te gusta el Luigi Bosca?

Si bien no sabía de qué carajos hablaba, asentí sin una palabra. Entonces me tomó del brazo con su brazo y (ahora que desdoblo el suceso desde otro tiempo, sirve de símil la portada del disco *The Freewheelin'* de

Bob Dyan, a diferencia de nuestro aspecto: el rostro de Estella yacía inexpresivo y el mío presa del pánico), enroscándonos por los rojos escalones y entre los hipos de nuestro andar, me llevó a la habitación 204.

El lugar era un desastre. Botellas vacías recostadas por doquier, ropa desparramada, pavas de cigarrillo, libros de Paul Éluard y Mario Luzi. Estella se dirigió hacia la pileta y, con evidente habitualidad, destapó la botella de vino que, gracias a su estrafalaria etiqueta, supe que era la tal Luigi Bosca, luego sirvió en vasos altos de superficie rústica.

Mientras Estella se desembarazaba de la chalina y las botas ya preparaba yo, por si acaso, una evaluación inexperta sobre el vino (me resulta penoso admitirlo, pero del tal Eluard y Luzi no sabía un carajo, y todavía más penoso admitir que sólo se me ocurría hablar sobre la bebida). Entonces ella tomó su vaso y, sin decir nada, se desplomó sobre un sofá y luego sonrió, bastante seria, hacia la televisión en off.

—¿No querés? —dijo con un tono afable. —¿Qué hacés de pie?, ¿por qué no te sentás?

Muy apocado, me senté al borde de la cama, frente a ella, sosteniendo el vaso con ambas manos. Estella poseía una figura admirablemente dotada para hacerse ver; miré sus pies, asaz hermosos; quería meterlos en mi boca, sacarla de sus ropas para volvernos una sola criatura justo ahí, sobre ese colchón desde donde ella veía cómo mi timidez reverberaba.

El teléfono comenzó a repiquetear. Ella no se inmutó, continuó con los ojos puestos en la televisión hasta que el ring-ring desapareció. También se desvaneció el vino de nuestros vasos; los ruidos, que al llegar se colaban por las persianas, apenas se escuchaban. Ese silencio abisal y hermoso duró quizá más de diez minutos. Entonces ella dejó el vaso en la rinconera, se puso de pie y sin dejar de verme, se detuvo frente a mí y cubrió mis ojos. Al descubrirlos, la miré fija y cobardemente; ella sonreía. Luego volvió a cubrirlos y en un santiamén los descubrió; ahora yacía desolada, con la expresión de quien se repone de una pérdida irremediable. Los cubrió nuevamente y al descubrirlos tuve la impresión de personificar todo lo que ella detestaba. Así prolongó su juego, mostrándome una a una sus expresiones, hasta que acabó su travesura apoyando mi rostro contra su pecho y entonando (en realidad no estoy del todo seguro) *La tapera* de Elías Regules, enseguida inició un dócil vaivén, al que me adherí cual esquife a las raudas aguas del Gastona.

No supe a qué hora desperté. Había escuchado ya que las habitaciones del Essence eran sombrías, pese a ello, logré apreciar de nuevo toda la hermosura de Estella, quien estaba desnuda en el sofá, sosteniendo con una y otra mano las palabras de Paul Éluard, sus *Cartas a Gala*. Entonces ella también me vio, volvió a su lectura y de la forma más quieta posible, con la serenidad de un río sereno y profundo, me mandó al mismísimo infierno señalando que debía tomar mis cosas y largarme.

—Disculpá, pero me urge estar sola —añadió. —Nos podemos ver por la noche, en la barra, como ayer. Quitá esa cara de pánfilo.

Algunas palabras se hacen tan nuestras que acabamos, erradamente, creyéndolas, pero Estella no tenía la intención de volver sobre sus pasos para encontrarme en el lobby.

Creció tremenda flor de quilombo en mi interior. A mi alrededor, mirase lo que mirase, no era sino borrasca, una borrasca que en ocasiones parecía disminuir su intensidad, pero en realidad solo lo parecía. Sentía incluso cómo esa borrasca se estrellaba con delirante fuerza sobre el asfalto y las fachadas y sobre el hondo aire azul y sobre lo que está en ninguna parte y es interminable; como si escuchara desde un ataúd las voces que suenan fuera.

Salí de la habitación y jamás volví a verla.

La busqué en el Essence, en el teatro, pasé tardes enteras junto a la estatua de Ceres, donde un día la miré ofrecer de su croqueta a los pichones, tomé bondis a cualquier dirección e incluso estuve a punto de liarme a puñetazos con un actor de la obra cuando me aseguró, con el cigarrillo colgándole de los labios, que la espontánea huida de Estella tomó también al elenco por el pelo y a tal grado de sustituirla por Baby Tagnochetti. Por si fuera poco, semanas después la hemiplejia llevó a mi padre a desengavetar la Luger que le obsequió, por sus servicios y confiabilidad, un exmiembro del grupo militar Waffen-SS, quien se refugió al acabar la Segunda Guerra Mundial en Villa Urquiza, allá por el 52, y con ella se voló la tapa de los sesos.

Se fraguó en mí, posterior al sepelio, una prioridad: ponerme en pedo. Comencé a probar, a pequeñas dosis, todo tipo de sustancias, y no le llevó mucho a todo aquello volverse una avalancha. Recuerdo que, en mi habitación, extasiado, en duermevela, veía a mi padre arrastrándose hacia los semáforos de Chacaritas, con la Luger entre los dientes, y cuando iba hasta el mercado San Telmo tras un buen caldo, al tomar las cucharas y observar las verduras y la viscosidad y el efluvio y añadiendo a los condimentos mi sórdida pelotudez, creía todo aquello una pictórica cubista: el perfil de Estella.

En esos escenarios me encontró Gonzalo Bergoglio, un viejo amigo de mi padre y quien, inquieto por mi condición (sobre todo por mi atracción por los bares y prostíbulos), ayudó a rehabilitarme. Me encontró en harapos, con nueve kilos menos, sin guita y mientras humeaba mi matutina dosis de clorhidrato. Me ofreció además laburo en el Pasavento, su gimnasio, donde me volví instructor luego de un dilatado proceso vitamínico, aerobics e inclementes psicoterapias (nada peor que psiquiatras y psicólogos, los profesionales de la felicidad).

En el Pasavento tuve la dicha de garchar con varias señoras y algunas jóvenes que llegaban a flexionarse desde Provincia. Fueron un par de años de laburo entre líquido preseminal y sacrificios de gimnasia, hasta que un día, en un café de Tucumán, conocí a Marcelo Spollietti.

Recuerdo que observaba la borrosa fotografía de un poeta nicaragüense que hallé en un pulguero de Ayacucho cuando Spolliett atravesó el umbral, me interrumpió de golpe preguntando qué hacía y en cuanto le respondí me ofreció aquel remedo de empleo. Lo que duró el mate bastó para simpatizar. Días después le comuniqué a Gonzalo sobre el proyecto, arguyendo que me vendría bien hacer algo distinto.

Salí del Pasavento una mañana luminosa con algo de ropa en mi bolso de viaje (el trabajo a realizar requería instalarse en el apartamento de Spollietti por un buen tiempo). De las minas con las que garché, a quien dediqué cierto réquiem (un vistazo al sitio donde solía estacionar su coche) fue a Cecilia, una exquisita vieja cuarentona que solía darme plata y besos cariñosos en la frente.

Te librás de un parásito y antes de darte cuenta ya tenés a otro encima clavándote el aguijón. Spollietti, al solo abrir la puerta, evidenció una de sus manías: la cocaína.

Esa misma tarde recaí.

Y así pasaron los días, poniéndonos en pedo mientras veíamos desmandibulados a Irène Jacob o repasábamos los diálogos de *Rouge* de Kieślowski, y todo marchaba bien hasta que llamó a la puerta un empleado del cine Aesca y entregó en un sobre a Spollietti una buena suma de retrasos. Según Spollietti, en el rubro aquello era toda una rareza, así que jubiloso me abrazó y aseguró que yo era su hoja de abedul, también me ofreció las llaves de su Volkswagen y guita suficiente para drogarnos por más de una semana.

Ese día me pilló la cana con la droga en la guantera. Luego de proceso judicial, en el que litigué ser a secas un buen consumidor, en el juez me penó a tres meses de cárcel y a 12 más en rehabilitación.

Me sentía al horno, sobre todo cuando me conducían a la celda, sobre todo por las miradas burlonas me examinaban tras los barrotes, calculando quizá mis probabilidades en la lucha, y todo mientras se escuchaba desde un recoveco inubicable la locución desenfrenada de un San Lorenzo-Boca.

Al entrar a la celda, sentado en la parte baja de la litera, con las palmas pegadas igual que imanes sudorosos y los pies barriendo el suelo como dos mástiles ciegos, miré a un viejo de melena ceniza; me transmitió la sensación de ser un hombre que nada tenía que ver con nada. Y curiosamente, el vértigo inició al quitarme los grilletes. También me impacienté por el tiempo que debía pasar en abstinencia.

—Tranquilo pibe —me dijo el guardia mientras aseguraba la celda. —Aquí no te pasa nada, aquí sólo hay gente mala.

Mi encuentro con mi compañero de celda fue más difícil de lo imaginable porque fue un encuentro de retraídos. Ese día transcurrió sin que nadie dijera una sola palabra, y de igual forma los siguientes, hasta que un día cruzamos sin querer las miradas.

Me pareció ver en él una mirada tierna, inexpresiva, la mirada de alguien a quien, por motivos de sobra, no le interesa más este carruselito de vida, ni por dentro ni por fuera; su expresión era, si bien lo preciso, como una pieza de Arvo Pärt, una pieza musical que haría añicos incluso el corazón de un asesino sueco.

Así fueron pasando los días, inmerso en un silencio apenas herido por los breves diálogos que surgían, a la hora de la merienda, con otros presidiarios; días en los que me convencí de no ser más que un fracasado irremisible. Por otro lado, el calor, la incomodidad, me habían impuesto el hábito de madrugar, así que por una chica lucerna miraba el cumplimiento del amanecer, la claridad de la mañana, la vaga y siempre cínica insinuación del sereno tocándome la cara. Encendía el primer gitane del día y me obligaba a no pensar en los días que me faltaban en ese lugar; evocaba los rostros que me abandonaron, los rostros que abandoné sin remordimiento.

Cierta madrugada desperté de golpe, procurando en vano sujetar la cola del sueño que tuve. Soñé con ella, con Estella, pero al abrir los ojos ya no sabía qué. Poco después el guardia de turno, quien a veces me llamaba por mi nombre o pelotudo o criatura de mierda (según el humor con el que amaneciera) me entregó un sobre cuyo destinario era mi hermético compañero de celda.

Para el Sr. Juan Pablo Castel, rezaba el sobre, que tenía impreso el sello de una notoria casa editora. Lo coloqué en la mesita, donde siempre había papeles con anotaciones breves de rara grafía. Fue en ese momento que pude leer, no sin esfuerzo, un par de líneas: *Nada no es solamente nada. Es también nuestra cárcel.* Entonces él despertó y me aparté arrebatadamente; no mostró disgusto por mi proximidad a sus pertenencias, se levantó y, como en los días anteriores, lo primero que hizo fue cambiarle el agua al canario, luego reparó en la anomalía sobre la mesa. Extrajo del sobre otros sobres y documentos, así como una tirada de La Nación, a la que echó una ojeada y luego lanzó sobre el colchón.

—Cada vez que veo el diario me basta con espiar los titulares para fortalecer una veja convicción —dijo.

No sabía si se dirigía a mí o si olvidó hablar para sus adentros, en todo caso, me añadí cauteloso a sus palabras.

—¿Qué convicción?

—La estupidez humana es inmortal, y no existe praxis política que la erradique —dijo. —La única esperanza que nos va quedando es un despliegue impiadoso y bien estructurado de bombas nucleares.

No pude evitar reír, aunque sin escándalo, y no sé qué me impulsó, pero acabé disculpándome por reír.

—Lo siento— repitió, ubicando comillas con su tono. —Ya estás en edad para saber que nadie sabe qué hacer con un Lo siento. En los funerales, por ejemplo, es donde más inútil se vuelve ese paripé de solidaridad verbal.

En aquel momento le ofrecí un gitane y lo cogió sin mucha gracia, luego se acomodó en el colchón y tomó uno de los sobres aún sin abrir.

—¿Y vos por qué estás aquí, pibe? Se te ve en los ojos la mismísima maldad de una gallina —dijo después de leer.

No me ofendió lo que dijo. Sus palabras, aunque sonaran encanecidas, eran ágiles y agudas, y quizá por ello decidí contarle los sucesos que me ubicaron en aquel mismo lienzo.

Días después supe por qué Castel estaba en prisión. La singularidad de su crimen fue cagando leches a ráfagas de ametralladora, sobre todo por *El Túnel*, libro en el que describió (y que logró publicar luego de un larguísimo proceso jurídico hacía ya 39 años) cómo y por qué motivos asesinó a una joven.

Desde ese día naufragó un barco de fonemas entre los dos. Como un intento de liberación o como mínimo de amortiguar mi tragedia privada, acabé contándole sobre Estella, y fue muy aleccionador lo que me dijo sobre el asunto, sin dejarme agregar nada, prediciendo que no tenía nada que agregar.

—Sólo te dejó un grandioso y abultado nada. Los seres humanos suben, bajan, se alejan, se acercan. Todo es una comedia de distancias. Su actitud fue mugrienta y cruel, pero te permitió, siquiera una noche, palpar la felicidad. En el poco tiempo que pasó con vos, ella suscitó el deseo de más tiempo. Cada historia de amor es en potencia una historia de aflicción. Si no al principio, más tarde. Si no para uno, para el otro. A veces para ambos. El amor no es nada razonable, y está bien, ¿qué tiene que ver la lógica con la vida? Jugaste con ella una breve partida de ajedrez, pero ella contaba con dos filas de caballos, y eso es todo. El placer posee mecanismos ilusorios. Lo que deseamos no suele mezclarse con lo que obtenemos. Así que no seás boludo, no dejés que te gane la tristeza. Sos demasiado inteligente como para que la mezquindad arrodille tus acciones.

Salí del penitenciario el 27 de septiembre. Antes de despedirnos, Castel me sugirió buscar una copia de la obra *You givme fever* (creo que siempre erró en cuanto al título de la obra) de Egon Schiele.

Fui presa de cierta nostalgia cuando nos despedimos tras los barrotes. A pesar de que era notable su deterioro físico, él y yo no éramos sino dos jóvenes luchando contra los fantasmas.

—¿Vos pensás en ella, en María? —logré preguntarle antes de marcharme, y me sonrió.

—El dolor no nos sigue —dijo. —Camina adelante.

Hace ya más de veintitrés años de aquel encuentro, el que escasamente expongo. Ahora soy sólo un viejo de mediana edad que compra los sábados huevos de trucha escandinava y bebe vino barato metido en la cama, desde la que a veces sonrío viendo lucha libre mexicana.

Y he escrito todo esto porque hoy, más temprano, recibí la noticia del fallecimiento de Castel. Su muerte, aunque ciertamente no fui nunca su amigo, se ha empeñado en entristecerme.

Y no sé por qué, pero no lo imagino en un féretro barato. Lo imagino libre, echado en la playa que le perseguía, la que reprodujo en aquella celda. Lo imagino rodeado de toallas, gorros rojos, acostado en la arena tibia y amarilla, recreando en el cielo, como si sostuviera un pincel plano de punta biselada, la escena de la ventanita.

Pero, ante todo, pienso en Estella. Creo que no viviré lo suficiente para ver su nuevo rostro, el rostro de una mujer que está por entrar en la vejez. Ni siquiera sé si está viva. Jamás volví a saber nada sobre de ella. Sólo sé rumiar aquellas palabras que me atreví a decirle y que también fueron las últimas:

—Lo que decís, ¿qué significa?

Tenoch es una persona sin ínfulas de protagonismo. De hecho, sabe que, poco a poco, se está volviendo un hikikomori[1]. La vida social pone a prueba su paciencia y su dignidad. Ahora está en su apartamento, y toma del sofá el libro *Hilachas y Jirones*. Libro que, de no ser por la cita que tuvo con Mariela, habría leído por completo. Echa de nuevo un vistazo a la reseña y lo vuelve a su sitio, luego se dirige hacia su escritorio, donde se sienta sobre su silla *gamer* de baja estofa. Enciende su computador, tapizado de papelitos donde anota ideas (Bojack Horseman es su *wallpaper*) y recuerda que, de niño, detestaba ir al caserío donde vivía su abuela. Ahora daría todo por estar ahí, en ese árido lugar, rodeado de ciruelas, tomando agua de cántaros. Tenoch lo sabe muy bien: el agua de los cántaros sabe a pájaros. Ingresa a YouTube y mira que, hace un par de horas, alguien subió a la plataforma una entrevista a Bob Odenkirk. La entrevista no está subtitulada, pero aquello no le inquieta, pues concibe el inglés, depende de quién lo estribe, casi en su totalidad si se concentra lo suficiente. Para Tenoch, el planeta se ha convertido en una nueva Babel donde nadie se entiende, pero lo importante es no entenderse en inglés. No obstante, pese a su simpatía por Odenkirk, decide ver la entrevista en otro momento. *Ver entrevista a Odenkirk*, anota en un

---

[1] Término japonés para referirse a personas que han escogido abandonar la vida social.

papelito. Entonces mira que, contiguo a la entrevista, hay otra, pero realizada a Izzy Lush, una actriz porno. Revelación del porno colombiano, reza el título. Tenoch da *play* al video, pero pronto presiona la barra espaciadora en su teclado, pues recuerda que, en el frigorífico, hay varias cervezas enlatadas. Se dirige a la cocina y, mientras las coge, su móvil le arroja una notificación. Hola. ¿Qué hacés?, le escribe Mariela. ¿Estás muy ocupado? Estoy cerca de tu apartamento. Puedo llevar cervezas, continúa ella, en otro mensaje. Tenoch sonríe, decide además no contestar para ver cómo Mariela pierde la calma y agota sus fórmulas de cortesía. Vuelve a su computador y oprime la barra espaciadora. Cinco minutos le bastan para enamorase de Izzy Lush, también se siente muy estimulado. Abre otra pestaña en el navegador para ver a Izzy ejercer su oficio. Toda ella es una belleza. ¿Por qué se dedica al porno? El alma de la mujer es complicada, piensa Tenoch, y decide masturbarse. Comienza a lisonjearse, pero frena de súbito, sintiéndose muy estúpido: Mariela está a la vuelta de la esquina. Decide ignorar su patético anhelo de aislarse, toma su móvil y le escribe a Mariela. Llego en 15, contesta ella, agregando un par de emoticonos. Mariela llega puntual. Al entrar examina el apartamento y se da de bruces con la escena sexual en la pantalla del computador. Se aproxima, sonríe. Pregunta a Tenoch si le gusta ver pornografía y él se encoge de hombros. Ella olvida el asunto y pregunta si puede meter las cervezas al refri. Tenoch asiente y luego le pregunta si ha visto *Better Call Saul*. Mariela entrecierra los ojos. ¿El abogado de Jesse y Walter White? Tenoch afirma nuevamente. No sabía que había una serie sobre él, dice ella, emocionada. ¿Te gustaría verla?, le dice Tenoch, y hace tronar la cerveza. Ambos se acomodan en el sofá. Mariela se quita los deportivos. Tenoch le sugiere que se quite también los calcetines (no se lo dice, pero le encantan sus pies). Ella accede (Mariela reparó desde la noche anterior en la fijación de Tenoch hacia sus pies; sabe que le gustan, pero no dice nada). Los calcetines manchan de rosa el suelo beige. La tele plasma comienza a escupir las imágenes.

Los días raros

Dos

Cruzó la avenida Colón, cuando el tráfico se detuvo, y caminó calle arriba mientras la brisa le exigía refugiar los lentes en el abrigo. Y tal vez por la ciudad medio dormida, la vetusta fachada de los edificios, el señor con la playera del Motagua cubriendo con un plástico su puesto de periódicos, la pareja entrelazada de brazos apurando el paso hacia el café o quizá por el mecánico placer de caminar para luego entrar a cualquier sitio y ceder el paso a la sed, entró en un bar que, dos pasos dentro, le pareció de golpe atemporal.

Miró los cuadros, las fotografías, el lugar entero mal iluminado; todo fuera de lugar, fuera del tiempo, y así lo pensó mientras miraba a los señores en la barra bebiendo bruscamente del vaso donde se irisaba el rosáceo trago. Recordó un relato de Cortázar, la dedicatoria, «A Sheridan LeFanu, por ciertas casas. A Antoni Taulé, por ciertas mesas», y luego se dijo, mientras veía al cocker spaniel que se rascaba frente a él, *Curioso que vivir pueda volverse una pura aceptación.*

Se sentó junto al zaguán de la cocina, de donde provenía el entreverado olor a carnes y fritos, y con su rictus vencido se limitó a frotar los lentes con el paño.

Luego, quizá porque su ánimo coincidía abruptamente con la atmósfera del lugar, con la guayabera febril y nostálgica que se desgajaba de los altavoces, con su propia aflicción en cuyas entrañas latía algo similar al miedo, releyó en su móvil el email que recibió hacía ya un cuarto de hora para así prorrogar una verdad a cada instante más última y dolorosa.

Lamento enviar este mensaje, Joaquín. No encontré otra manera de contactarte. Marina ha muerto.

Así los segundos, el letargo que ocasiona quien está fuera de la carne pero que brinca las vallas y se acomoda en los nidales más recónditos. Guardó el móvil y se dirigió al baño, casi con odio, con el sabor de la tristeza en la saliva, y entonces recordó el rostro de Marina, cruzó de la realidad hacia los días fuera de toda brújula, hacia los territorios fuera ya de todo territorio en los que ella y él no hacían más que mirarse.

Recordó el bar Zotz, donde la gente de holgadas ropas se reunía e iba detrás de la bohemia y las bromas ruidosas. Recordó cuando Marina, en una de aquellas mesas y acomodándose el cabello, le habló entusiasmada sobre K'inich Popol Hol, de cuando K'uk' Mo' Ajaw orquestó en Copán un golpe de Estado organizado y puesto en marcha desde Tikal, de cuando escuchó por primera vez a los Smiths, con la cabeza puesta en una almohada de felpa y mientras cambiaba de canales luego de una breve mirada a la programación.

—Buenas, ¿qué se le ofrece? —dijo el mesero.

—Un doble de güisqui —indicó sin mirarle.

—Tenemos...

—*Something* —le interrumpió, y recordó la noche en la que, con las palabras un poco tambaleadas por el alcohol, le habló a Marina de su argumento para una novela, o tal vez para un cuento: la historia de un hombre que sufre una enorme alegría cuando no entiende algo y al revés, la bastante trillada y escueta historia de un hombre que recuerda. Desempolvó, además, mientras procuraba desplegar sin atrición el argumento, que se sintió como el personaje del que hablaba y sobre todo que, no entender a su personaje y no lograr explicarse como debía, se lo hizo pasar a lo grande. Recordó también la postura de Marina mientras él expresaba todo aquello; su cabeza recostada en el respaldo, escupiendo humos de un L&M mentolado, evidenciando por enésima vez su poca afición a la palabrería.

Recordó también que en aquella época no solo era un adicto a la obra de Wallace desde que leyó *Extinción*, sino también su autorreclusión, su caída a los alborozados embrujos de los solitarios, a ese vacío lleno de promesas del que no esperaba nada hasta que Marina, con una flor de fonemas, le frenó de golpe en la avenida Plazuela y preguntó si acaso él le perseguía.

Uno

Le gustó el hotel por razones que habrían desagradado a otros: sucio, desteñido, sin calefacción, con apenas una ventana que se abría tristemente a un muro y a un lejano pedazo de cielo, casi inútil. Se hospedó en ese lugar por enchufe de Tenoch, su compañero de facultad, luego de pasar toda la tarde en el bar que solía visitar desde que se instaló en la ciudad; tomó cerveza, charló con los habituales y, debido a su insolente fanatismo por la literatura, acabó ignorando por completo la dictadura de los relojes; el diálogo con los Rulfitos se prolongó demasiado, así que no tuvo más remedio que caminar un par de cuadras a fin de evitar los berridos nocturnos de su tía Inés y avanzar hacia el luminoso rótulo chino moviéndose sin fe, con las manos hundidas en su suéter con el serigrafeado de Nine Inch Nails.

En la habitación, se desabrochó el cinturón y se tendió en el lecho, triste y hastiado, infinitamente triste y hastiado, adulando con la mano el interruptor de la luz, apagándola y encendiéndola resuelto e implacable. Detrás de la puerta, una pareja cuchicheaba y hacía crujir los escalones con sus pasos, y además del humo del cigarrillo que le iba del estómago al cerebro, imágenes obscenas se agitaban en él; supuso a la pareja ingresando a la habitación contigua, a ella con los ojos brillantes de timidez y curiosidad, supuso las confesiones simples y animales, los mínimos y los rabiosos gemidos de sexualidad. Por si fuera poco, arrastrado por una rara sensiblería, pensó en su vida dentro de medio siglo, buscó la imagen suya más lastimera, la más fachosa, la penosa y despreciable cosa que llegaría a ser: la corbata en arco, los pantalones planchados, el reloj en la muñeca, los gestos mecanizados y tímidos, la absoluta falta de audacia en los ojos y, en la boca, la curva aplastada de la resignación. Con esfuerzo se levantó de la cama y se acercó a la ventana. La noche remachada contra los metales, el cielo y los hilos fríos que apenas se colaban por entre las persianas le obligaron a encender otro cigarrillo. Al fumarlo, volvió a la cama y se durmió.

Despertó pasadas las diez; sin embargo, permaneció tumbado en la cama por más de una hora, con los ojos en la pared hasta que se levantó de golpe, como si quisiera sacarse de encima algo que no lograba explicar.

Buscó en el bolso su cepillo dental y mientras hacía espuma se le antojaron un par de baleadas del barrio Los Dolores. Luego salió del hotel con el último cigarrillo del paquete entre los labios, sabiendo que terminaría por fumárselo y que tendría que arrancarlo de su boca y aplastarlo como lo había hecho siempre desde que perdió todas las razones para llenar el presente con algo más que no fuesen cigarros y libros editorial Club-Brugera.

Repentinamente sintió el cansancio de los paseos, del ajetreado ir y venir de las gentes, el ruido de los cláxones, la náusea de los ojos que han comido demasiadas imágenes; comenzó a caminar mirando al suelo, se abandonó al azar de la marcha, a las calles casi etéreas de habituales, se fue perdiendo a ras de los muros de piedra gris mirando distraído los zaguanes, a los perros callejeros hurgando en la basura. La sensación de no recorrer una ciudad sino de ser recorrido por ella le abrumó; los adoquines de la calle resbalando hacia atrás como en una cinta móvil, la soledad casi mediodía, las cosas perdiéndose a su espalda hasta que una mujer, encarándole, frenó su marcha.

—¿Acaso me seguís?

Dos

—Aquí tiene —dijo el mesero, y ubicó con sumo cuidado el güisqui sobre la inestable mesa.

Lo bebió e inmediatamente recordó a Marina entonando *La Comparsita*, luego ella agregó que esa canción no era de Gardel sino de Gerardo Matos Rodríguez y que, por si fuera poco, en cierta ocasión salió con un nieto del propio Rodríguez, quien la llevó a un restaurante llamado Clyde's. Recordó que Marina describió tal cita con prolijidad, sonriente y descalza, sentada en posición de loto, sosteniendo en una mano la copa de vino tinto y con la otra trapeando el sudor de su frente, añadiendo que las cosas con el nieto del tanguero no funcionaron ya que desde que abrió la boca comenzó a freírle el alma a fuego lento; el tipo encendió un cigarrillo y habló improperios sobre el Frente Amplio y máxime de Mujica, pero bueno, la noche era asaz guapa como para prestar importancia a bobadas sin fundamento, pero todo se fue al carajo cuando al pimpollo se le ocurrió añadir a la charla que recién esa misma tarde compró un boleto para asistir al concierto de Daddy Yankee en el Velódromo.

—¿Me trae otro? —dijo Joaco al mesero, quien atendía la mesa contigua, y recordó nítidamente el rostro de Marina, sus ojos claros, las mejillas rojas de tanto reír, recordó cada signo, cada inflexión en su voz y sobre todo cómo en aquel instante de solo verla se le llenó de felicidad la boca. Y repentinamente recordó que, luego de reír, Marina buscó un vinilo de Los Mockers, del 66, que según ella le obsequió su padre desde que estaba muy chiquilla y que conservaba con furor católico desde entonces, y enseguida asintió, mientras la canción *Sad* lamía el apartamento, luego de que él expresara que la ironía era un potente artefacto con el que se podía joder la realidad. Entonces ella dijo resuelta que le gustaban las baleadas del barrio Los Dolores, que dentro de unos días proyectaba viajar a Copán, que frente a la catedral se asombró al mirar a un tipo delgadísimo con la camiseta del Wanderers, su equipo de fútbol de toda la vida y que no alzaba desde el 31 un solo campeonato de liga, que en el Museo para la

Identidad Nacional tuvo la dicha de ver la exposición *Personajes de Acción* de un tal Darvin Rodríguez y que al verlo de lejos juzgó por su vestuario que no solo era un gran artista sino también un otaku, que las bandas de música hondureñas le parecían una porquería y que para refutar cualquier comentario bastaba, a fin de ejemplificar, con dar oídos a Los Shakers, quienes sonaban mejor que cualquier banda catracha actual y a pesar de que iniciaron a romperla cincuenta y cinco años atrás; también agregó, mientras se valía de más vino, que desechara ese último comentario ya que no pretendía hacer un juicio de valores entre las dos patrias.

—Aquí tiene —dijo el mesero, y colocó además en la mesa un par de servilletas.

Bebió el trago de un tirón y recordó a Marina diciendo que en algún lugar tenía algo de Martini, ya que del vino no quedaba más que el gustillo en el paladar, así como también pensó que ella seguramente se había sentido un poco sola luego de varios meses lejos de la comodidad de su país y por ello el desembozo y la verbosidad; recordó también que cayó la noche y también la cabeza de Marina en el almohadón del sofá y que desde allí ella lo miró fijamente, y que él no hizo más que sonreír y que el resto de la escena salió de lo más convencional, pues no supo qué más decir además de la verdad: que le alegró que le ofreciese su dirección, que desde que guardó la servilleta con aquella letra liviana y fluida no hizo más que andar por las avenidas de la ciudad procurando disecar su voz. Ella sonrió con alegría y agregó que a los veintisiete años la vida como que comienza a desteñirse y pareciera que se achicara, al menos para ella, ya que vivía sola con una gata y que no era una gran lectora y tampoco le gustaba la idea de caminar mucho, y después de un breve silencio y la mirada perdida en ninguna parte se refutó diciendo que no, que, al contrario, que más bien pareciera que son los demás, las cosas mismas decayendo y agrietándose, que por ello quizá prefería las tardes en su apartamento leyendo procesos técnicos de antropología sociocultural, a solas, con la gata mirándole, que la vida era en realidad algo simple, bastante simple, pero que no se podía definir así nomás, luego guardó silencio, como dándole vueltas a lo que había dicho, y cerrando los párpados se fue quedando dormida en el sofá.

Él, después de mirar su cabello castaño, que vivía como por su cuenta cuando ella movía la cabeza y que yacía como envuelto por una luz de añeja fotografía, miró los tragaluces de vidrios de colores y mamparas del apartamento que dejaban pasar la luz agrisándola. Fue así como descubrió que Marina era idéntica a sus delirios y que las teorías que a menudo funcionaban bien para la audiencia en los *tips* amorosos de la estación radial 94.1 de pronto le parecían simpáticas; pero en el fondo, quizá más allá del asiento, no creía en nada de lo bueno que le pasaba.

Uno

Fue más o menos en la época de *El alma buena del arrabal* cuando la joven frenó a Joaco frente al Teatro Memorias, preguntando si él le perseguía. En un principio, a Joaco le pareció que aquella actitud no era más que un capricho de su belleza. Lo cierto es que no supo qué contestar; sus problemas de dicción devenían en un nerviosismo cada vez más evidente; se perfiló como alguien que mira el vacío antes de continuar el párrafo de una carta demoledora.

—¿Me seguís? Hace rato que venís detrás —dijo ella, sosteniendo con ambas manos su monedero.

—Eh... No sé de qué hablás —dijo Joaco, titubeando, pero en realidad no quiso decir nada; la miró como si buscara algo, cualquier reacción, un aletazo de mirada o palabras devueltas de inmediato.

—¿Estás seguro? — dijo ella, más vital.

—Seguro. No sabía que ibas delante.

Ella lo miró, lenta en sus gestos, como asegurándose de que fuera así.

—Bueno— dijo ella, cambiando la inflexión de su voz. —Disculpá, pero es que...

—No pasa nada —interrumpió Joaco, con suma cortesía, y continuó su marcha, pero con la vista en alza.

Franqueó las calles, cruzó el Parque Valle, el punto de taxis; el sol era tan desalmado que sobre el asfalto su sombra impiadosa se alargaba, y por si fuera poco la insolación; deseaba una sombrilla, una soda fría o estar en Yakutsk, ciudad que, según Tenoch, era la más fría del planeta. Atravesó una floristería, la cacofonía de escolares jugando a los videojuegos, se agachó al pasar frente a un puesto de ropa femenina, rebasó un quintal de frijoles y una caja de madera empachada de aguacates. En aquel momento le embistieron todo tipo de olores: carne cruda, pimientas, pescado frito, así como la fragancia que no hacía ni diez minutos olió cuando tuvo a bocajarro a la joven que le frenó súbitamente, entonces miró hacia los costados, buscando su silueta. No miró más que el repicar continuo y acrónico de jarras y cubiertos, las voces deslizándose hacia todas partes desde los locales. Entonces continuó su marcha, pero reapareció la fragancia, así que frenó y, movido por extrañísimos resortes, se volteó.

La joven estaba ahí, confusa y sonriente, sosteniendo aún el monedero con ambas manos, como si se tratase de un relicario.

Joaco la miró, sonriente y extrañado también, y se le vino de pronto la idea: corroborar si valía la pena, al fin y al cabo qué, esas cosas se hacen de una vez o no.

En el peor de los casos ella contestaría con la misma amabilidad que utilizó él. Había que jugar el juego, dejarse llevar por el azar de los encuentros, divertirse desde la absurda coincidencia.

—¿Ahora vos me seguís?

Dos

Recordó que Marina despertó sobresaltada, como si todo acudiera en tropel y se fuera ordenando como un crucigrama que se llena lentamente en su cabeza, de modo que se ofreció a ir en busca de agua y Marina asintió y luego ella bebió mientras un brillo de sudor le bajaba por las mejillas. En aquel momento él preguntó qué pasaba y ella respondió, más despejada, que las mañas de Dios son peores que las de un croupier en un casino, luego sonrió, añadiendo que hacía ya una buena temporada que no soñaba como recién soñó, y que en el sueño era de noche y todo tiritaba, así que se llevó los brazos a la cara porque bajo la cama en la que dormía había una repisa atestada de automóviles HotWheels y dinosaurios de todo tipo, y pese a ello, a la larga la situación acabó valiéndole un carajo, como siempre que soñaba algo semejante, porque lo más interesante de todo aquello era que el ensueño, por difícil que fuera creerlo, le resultaba igual de sólido que la mismísima realidad. Luego aplacó su discurso, cogió el móvil, buscó una canción de Billie Holiday y mientras balanceaba la cabeza al ritmo de la balada le miró con una ternura que absolvió toda frivolidad, entonces le preguntó si alguna vez escribiría algo sobre ella, y él respondió que sí. Ella sugirió que, sin importar qué escribiera, no se guardara nada, que podía incluso herirle en sus páginas cuanto gustara. Él, mientras la miraba, no pudo evitar sentir (como en ese instante de otra época, con el güisqui frente a su cara) cómo se hundía en su carne el puñal de su belleza, con su filo crepuscular y encendido; miró además los ojos semirrígidos de Marina, que daban la impresión de transitar por una región de tristeza resignada y culpable. Recordó de igual forma que demoraron mirándose, que quiso devorar sin piedad el sensualismo que ella segregaba, que cerró el grifo de sus timideces y vio cómo en órbitas se marchaban por el sifón.

Recordó que desde ese momento se volvieron inseparables, que no hacían más que buscarse el uno al otro. Se quisieron al hablar de etnografía, música, cine, de su vida allá en Montevideo, mientras descubrían amigos o presentaban a los suyos. Recordó con limpidez cuando fornicaron, ocultos de los guías y demás turistas, frente a la Plaza Occidental del Acrópolis, en Copán, recordó que cuando no estaba con ella sonreía al solo pensarla, que la consideraba su remanso, la laguna quieta donde podía vivir sin escozor; recordó la tarde en la que ella le preguntó, luego de chupar la pajilla del mate, si acaso él le era infiel, y que respondió que sí, como quien acepta un té o un café, que la literatura era su amante y que si llegase a interesarse de la política, religión si la tuviera y muerte cuando la tenga, también le sería infiel con ellas.

—Uno más, por favor —alcanzó a decir Joaco al mesero y recordó el nivel de su deseo mientras charlaban en el sofá, cuando la entrevió atareada intentando dar buena consistencia a la masa para baleadas, a su tía Inés explicándole es que es así y asá; recordó cuando en el baño del Centro Cultural Español uno de los guardias los encontró con los pantalones a la altura de los tobillos, recordó la nostalgia de Marina días antes de que la vapulearan los dolores menstruales, su rictus de solidaridad ante los malestares.

Así fue hundiendo el rostro en agua pasada. Evocó otras luces, por ejemplo, cuando Marina le dijo que debía marcharse, pero que no se alarmara, ya que volvería pronto, a más tardar en un par de meses; recordó el taxi que los llevó hacia el aeropuerto, el cuerpo de ella como pieza de puzle al suyo, cómo su coraje e insensibilidad iban desintegrándose cuando ella se abrazaba con creciente ahínco a su brazo; recordó las videollamadas, los chats, recordó cómo y poco a poco la lejanía fue desbaratando el cariño que un día entre ellos se alzó.

Recordó la ausencia total de correspondencia.

—Aquí tiene —dijo el mesero, y justo en ese instante recibió otro email.

La encontraron dentro de su coche, estacionado cerca del Bar Rodó. No se sabe exactamente qué sucedió. Y todo pasó ayer, y es terrible, Joaco, yo estoy hecho un lío, y sus padres están como locos. Sé que hace mucho no sabés nada sobre ella, y aparecer de golpe para decirte esto... Lo lamento, en serio, pero consideré que debías saberlo. Un abrazo fuerte.

Bebió de nuevo el güisqui de una vez, pidió la cuenta y al salir del lugar deambuló mareado y desganado por las calles bajo la llovizna, contemplando su borrosa silueta sobre el húmedo asfalto, sintiendo a contrapelo el vacío de la noche, cuando todo el mundo se ha metido en su casa y solo quedan gentes de aire indeciso y de alguna manera cómplice que se miran tácitos en las gradillas de los parques o en las esquinas, y frenó el andar de un vendedor ambulante y le preguntó si acaso llevaba en su cajoncito un paquete de Marlboro. El joven, luego de un breve vistazo, respondió que sí. Los compró y mientras rompía el embalaje el chico le ofreció fuego; sostuvo el fósforo y observó cómo la opacidad y el viento mordían la llama entre sus dedos, luego encendió el cigarrillo, con la sensación de dar un salto que hacía mucho no daba y que no había dado porque no era un salto hacia nada definido y ni siquiera un salto, era simplemente volver al desenfreno luego de que gracias a Marina dejara de fumar; entonces sintió una mirada actuando desde otro ángulo de tiro, como si los sermones de Marina saltaran hacia él como tarántulas, así que se hizo creer que los oscuros signos que leyó en su email no eran más que una burla muy fina y por ello saboreó irrisoriamente el humo, como si en lugar del cigarrillo tuviese entre los labios lo que verdaderamente hubiese querido apresar y que estaba ya tan lejos: Marina.

Decidió pasar la noche fuera de casa. No pudo impedir sentirse un miserable, no pudo impedir que lo asaltara un sentimiento de inutilidad. Pensó además en hospedarse en aquel hotel asqueroso en el que se alojó la noche anterior a su encuentro con ella.

Al llegar, comprobó que el lugar, a pesar de los años, se conservaba igual, y por una rara casualidad, la habitación de aquella vez estaba disponible, así que no lo pensó dos veces. Al entrar se quitó el abrigo. La única novedad en el lugar era una televisión plasma colgando en una de las paredes. Se asomó como aquella vez a la ventana, encendió otro cigarrillo y comenzó a preguntarse, a reprocharse todo tipo de cosas.

La habitación comenzó a vaciarse. Los ruidos de coche, los rugidos de neumáticos, los cambios de marcha, los bocinazos que se colaban por las persianas se apagaron. Quiso además vaciarse él, no respirar, no pensar, no moverse. Y así permaneció un buen rato, hasta que comprendió que todo cuanto rumiara era como echar paladas de sombra en la oscuridad, hasta que comprendió que lo mejor que podía hacer era aplastar la colilla del cigarrillo en el suelo, contemplar a su pasado y a su presente y a su futuro fundirse con el frío, la lasitud, la amargura y el calor del nuevo cigarrillo.

Salió del hotel con el alba y observó la vida transitar con absoluta normalidad. El ajetreo, el tiempo canalla lamiendo todo a su alrededor. Cruzó la calle, giró por el diminuto redondel y avanzó paso arriba. Cuando se dio cuenta de que estaba justo donde Marina lo encaró hace ya tanto, se quedó quieto y en silencio por un instante, y se volteó.

Uno

—En realidad vengo a comer —dijo ella sin dejar de sonreír.

—¿Sos argentina?

—Uruguaya.

—¿No es la misma cosa?

—Para nada; bueno, a excepción del mate.

—Si gustás te acompaño, también vengo a comer.

—¿Sos de fiar? —dijo ella flexible.

—De no ser así podés gritar. Seguro que en tu país saben gritar.

Ella lo miró a los ojos, sin dejar de sonreír.

—Está bien.

—Entonces vamos —dijo Joaco, algo nervioso, con las manos hundidas en su suéter.
—Te gusta Nine Inch Nails...
—No mucho, en realidad. Este suéter es un regalo.
—¿Y cómo te llamás?
—Joaquín, pero podés llamarme Joaco. ¿Vos?
—Marina.

Para Tenoch la revolución es un simple cambio de personal. Y de alguna manera, también lo es el amor. Piensa en ello mientras mira a Mariela dormir, abrazada al cojín del que se valió para suplantar su cuerpo, táctica que desde muy pequeño aprendió de su madre (ella, al alba y a fin de abordar sus quehaceres, apartaba a Tenoch con sumo cuidado para no despertarle y luego ponía un almohadón en su lugar). Mira en el suelo la ropa desparramada, los mentolados cigarrillos de Mariela. Tenoch también fuma, pese a que siempre ha considerado que fumar es un síntoma de debilidad. Decide ir en busca de una cerveza y mientras se dirige al frigorífico piensa en el dato que le dio Mariela, horas antes: sufre una desmedida fascinación por los clavos. Nada de conejitos, girasoles u otras cosas: clavos. Y Tenoch no sabe por qué (aunque tal vez se deba al semblante de Mariela al expresarlo), pero aquel dato le parece rarísimo y tapizado además por una tristeza humorística. Abre la cerveza y mira el reloj del microondas. Son casi las diez de la noche, pero él siente la atmósfera como si estuviera en los intestinos de la madrugada. Se acomoda en el sofá y busca en el servicio de streaming HBOMax la serie *Shameless*. Sus favoritas son otras, pero series como ésa le obligan, a cada tanto, a sonreír. Además, considera que William H. Macy es un actor de primera categoría. En el capítulo que mira, Lip Gallagher le pregunta a su chica si puede penetrarla analmente. Están follando en la parte alta de una litera. Si llevás todo el rato dándome por ahí, le dice ella. Lip se desclava para corroborarlo y en efecto, luego hace un breve gesto de contrariedad y la litera prosigue con sus chillidos. Tenoch sonríe y de repente es embestido por el cojín, que fue lanzado cariñosamente. Mariela le reprocha, muy sonriente, la artimaña, se acomoda también en el sofá y, luego de que en la tele Carl metiera la pata de una ardilla en la tostadora, pregunta a Tenoch si le gusta el anime y él menea la cabeza. Te recomiendo *Cowboy Bebop*, añade ella. De hecho, desde que te conocí me recordaste a Spike Spiegel, el personaje principal. Deberías verla. Por otro lado, y aunque no se lo mencione, a Tenoch le desagrada un poco que Mariela lleve puesta su camisa de los Strokes, puesto que es su favorita, pero también repara en que se le ve muy bien. ¿Te molesta que me haya puesto tu camisa?, dice ella, al verlo. Para nada, responde él, y luego piensa que el terrorismo, bien mirado, es solo un acto de autenticidad. Entonces coge el control de la tele y entra a YouTube, donde busca la canción *Why Are Sunday So Depressing*. Callados la escuchan explosionar. Luego él le sugiere que se ponga algo de ropa e insiste en que no se quite la camisa. Salen del apartamento en dirección al Circle K en busca de comida y más cervezas. Y poco han avanzado cuando un automóvil pasa por la calle a gran velocidad, por lo que Tenoch toma, por primera vez, a Mariela de la mano. Ella finge no estar alegre. Ya en el Circle K, Mariela le dice que necesita ir al baño.

Tenoch la mira, mientras carga lo comprado, y de golpe se siente también cargado de palabras. Como si todo lo que alguna vez quiso escribir dejara de ser una ridícula semilla y germinara de su cabeza exteriorizándose como un Jōmon Sugi cuyas ramas rompen los muros y los cristales. Entonces Mariela sale del baño y él, alegre, la mira acercarse, como si fuese ella un detective privado que le ayudó a encontrar las historias, los personajes que se le habían extraviado.

Señor Chinarro

Ciertos detalles hacen que las historias sean verdaderas.
JUAN VILLORO

Erretwelve

La segunda y última vez que miré al Señor Chinarro ocurrió un opaco septiembre de 1974, en una boutique de la avenida Jerez. Él, de aspecto notoriamente foráneo, llevaba un libro insinuándose apenas en el bolsillo izquierdo de su gabán. Al verme, se acomodó los lentes y, sin ofrecer una miga de amabilidad, sacó el libro de su bolsillo y sin rodeos me lo ofreció. Por mi parte, como estaba previsto, lo cogí y salí de la boutique hacia el barrio La Hoya, donde Eduardo Sepúlveda, en su domicilio y tras escupitajos de rapé, aguardaba mi llegada.

Hacía frío y lloviznaba esa tarde, así que decidí tomar la calle del Telégrafo y me dirigí al bar Jocy a fin de guarecerme y no amargarme los minutos camino a la vivienda de Sepúlveda; suponer el aspecto de la joven a secuestrar trampeaba mis sentidos. No se trataba sólo de curiosidad, en realidad sufría una insólita y a la vez agraciada zozobra; lo recuerdo todo muy bien, como si aquella finísima llovizna me asaeteara también por dentro.

Al entrar al bar me añadí a la barra y pedí un doble de Caribbean blanco, luego atravesé la espesa cacofonía de ebrios y semiebrios hasta llegar al baño, donde mojé mi rostro frente al espejo. A mi lado, un negro de amplio bigote retocaba su afro con rápidos movimientos de la mano. Cuando se marchó, saqué de mi chumpa el libro y leí el título *Cosas transparentes*, en cuya portada una mujer yacía recostada sobre una buhardilla de diáfanos cristales. Todavía hoy me pregunto si el Señor Chinarro premeditó tal maniático detalle. Y me dispuse a rasgar el sobre que había en el libro cuando de pronto apareció otro sujeto, silbando la canción de la sinfonola, meneando su cabeza fabulosamente ancha y asquerosa; utilizó el urinario luego de empujar la puerta metálica con la misma mano con la que sostenía su cigarro.

—Amigo, ¿sabía que en Nevada está la carretera más solitaria de Norteamérica? —me dijo mientras orinaba. —Une las localidades de Carson City y Ely; cuatrocientos dieciocho kilómetros sin nada de nada, a secas dos burdeles en cada extremo.

Mi única función como interlocutor consistió en tener cara.

—La recorrí con mi primo Martín en un Renault, un R12. *Erretwelve*, decía Martín, arrastrando la ere como británico. Era un viaje melómano hasta Nueva York. Pretendíamos llegar al concierto de The Stooges en el CBGB, pero ya en la ciudad Martín decidió comprar heroína y un sujeto de cuerpo anguloso le vendió una potentísima; echó espuma a borbollones.

Dicho aquello, el sujeto arrojó la colilla y se sacudió, luego se enjaguó con desgano y palpó su acuchillado rostro por el alcohol frente al espejo. Recuerdo nítidamente el ruido de bisagra mal engrasada que arrojó la puerta metálica cuando se largó, la canción *Loose* de The Stooges colándose por la abertura. Aquella anécdota surgió de la nada, como en esas cajas de broma de las que emerge un payaso.

Sin embargo, un reflejo paranoico me hizo temer en aquel instante, así que guardé el sobre y salí del baño. La rocola silenció y desde el tejado y escondrijos inubicables se advertían los ventiladores que exhalaban pretenciosos, las tersas voces se alzaron como una llama. La rocola recobró el ánimo y comenzó a vibrar la voz de Bebo Valdez, evaporando el bullicio y tropicalizando el lugar. Me acerqué de nuevo a la barra y pedí otro Caribbean al mesero que, con una palilla, decapitaba implacable los excesos de espuma que florecían de las jarras; no me atendió con mucha cordialidad. Después de un silencio entre él y yo asaz alargado, me miró y recordó y sirvió el ron mostrándome una sonrisa de excusa. Al pagar, salí del lugar. Dos pasos fuera un muchacho lampiño me asedió a fin de que adquiriese La Gaceta mientras un cigarrillo humeaba desde un rincón de su boca. Compré dos ejemplares.

El 'Pólvora' Bernárdez

Toqué hasta el cansancio el portón de Sepúlveda, pero no apareció. Para desgracia, comenzó a desmoronarse el cielo. Llovía como pocas veces he visto llover, así que tuve que precipitarme a la cafetería de Inés, a quien ya llevaba adulando un buen lustro y a cuentagotas.

Inés era una mujer que tenía la piel como jabón de avena y la mirada irritada por los vapores del jengibre y del café. Me gustaba por silenciosa y porque siempre (acaso sin proponérselo) mostraba la línea negra del calzón.

—Pasó por aquí, más temprano— me dijo cuando le pregunté por Sepúlveda.

Un perro callejero, color cerveza, me husmeó. Seguro también huyó del aguacero, que arreciaba. Sacudí la chumpa y reparé en que Inés era la única persona que se encontraba en el interior de la caseta; la chimuela que le ayudaba endulzando el café y serruchando el pan-blanco no estaba. La lluvia, por otro lado, azotó las viejas láminas del café y empapó las mesas. Me acerqué al rosetón, pero aquello era un torrente; Inés no tuvo más remedio que hacerme pasar a la caseta y cerrar del todo la ventana.

Dentro, y para resumir en qué devino la cosa, basta con decir que me mostré bastante ordinario; pese a ello, la jayanada que dije logró ruborizarla (mis halagos se habían anidado ya en su tímida piel). Lo dicho la estimuló de tal modo que tuvo ella que apoyarse en la mesa de la estufita de gas, a causa del vértigo.

—Usted también me gusta —dijo sin mirarme.

Nos quedamos en silencio. En la radio de batería que colgaba del techo se distinguía apenas la voz de Javier Solís, apaciguada por la tormenta.

—Fíjese que... —dijo ella, ruborizada. —No me gustan las rancheras. Las pongo por los clientes.

Tomé la radio, giré el timoncito de las emisoras y frené al escuchar una escandalosa locución futbolera: Salvador el "Pólvora" Bernárdez recién anotaba para el Motagua.

Me acerqué a Inés y la tomé de la cintura, respiré el olor a sudor y a mantequilla de su cuello. Me excité de tal manera que no me importó que dijera *fejidor* en lugar de fijador al referirse a mi cabello; hicimos el amor con una vitalidad tremenda, como si tuviéramos que satisfacer a varios fisgones en la caseta, incluyendo al perro color cerveza.

La afonía de Sepúlveda

Salí de la caseta con la alegría de los infelices. Inés, a lomos de una gallina, mandó sus cobardías a su pueblo natal y me hizo una felación muy cariñosa, sofisticadísima. Y luego del instante infinito, mientras nos subíamos las ropas, reparó cada quien en su vergüenza, así que tácitos nos limitamos a oír la lluvia caer. Poco después entreabrí la puerta y advertí que oscurecía. Las luces de los postes se abrían como flores y de golpe la brisa ya no soplaba. Le dije a Inés, luego de un breve reposo en el que intercalamos movimientos de cariño, que me urgía marcharme, que tenía asuntos pendientes con Sepúlveda, y me despedí besándola, asegurándole que volvería cuanto antes. Entonces me dirigí hacia la habitación de Sepúlveda, y me disponía a tocar el portón cuando éste apareció de entre las sombras, tomándome de la camisa y tirando mi cuerpo bruscamente hacia delante, golpeando así mi ceja en el portón.

—¿Qué te pasa? —le dije, muy molesto, quité sus manos de mi camisa y luego corroboré si había brote de sangre.

—Debías estar aquí mucho antes, pendejo. ¿Qué sucedió? —dijo muy alterado.

—Estuve toque y toque el portón. Me duelen los nudillos de tanto golpear—le dije, muy cabreado.

Guardó silencio y me miró todavía confuso.

—¿De dónde venís?

—¿Acaso importa?

Supuse que su nerviosismo y ansiedad estaban ligados a su cruel resaca, pues la noche anterior llevaba una borrachera de mucho cuidado. Así que no dije más, pero estaba muy enfadado.

Entré y tiré el libro de Nabokov y los periódicos sobre la mesa de sala y me desplomé en el sofá. Sepúlveda, por su parte, encendió un cigarrillo, cogió el libro, sacó el sobre que había dentro y lo rompió, luego se sentó en el sillón y, mientras exhalaba, no hizo más que contemplar la fotografía, pasmado, como si en ese instante hubiese iniciado en su cerebro una violenta tormenta eléctrica.

Sepúlveda se parecía mucho a Bob Dylan. De hecho, era tan afín que la gente le sonreía al confundirlo con el cantante; incluso vestía tejanos, los que combinaba con sencillas camisas de corte holgado. Era tosco y malvado, pesado, pero también leve. Su personalidad era atravesaba con gracia por un intermitente encanto de chiflado. Abreviando: Sepúlveda me obligaba a pensar que todos los seres humanos, sin excepción, llevamos un psicópata muy adentro.

—En el mundo hay tantos culos diferentes como caras —pensé en voz alta, mientras miraba la bombilla en el techo.

Sepúlveda no reparó en mi reflexión. Continuó mirando la fotografía, sorbiendo a grandes caladas su torcido cigarro.

No tardé en dormirme en el sofá, y cuando desperté, era ya de día. Sepúlveda no estaba. En la mesa dejó una nota en la que me decía que debía estar a las 11:00 am en el puesto de María, y que el revólver estaba en la primera gaveta de la cómoda. Luego fui hasta la cocina, preparé café, freí un par de huevos y tosté en el comal un par de tortillas. La ceja me dolía apenas, como un recuerdo ya lejano.

Los elefantes

Llegué puntual al puesto de María, en el mercado Mayoreo, y no sabía por qué, pero Sepúlveda permanecía con el ánimo encogido, sentado frente a su sopa de res.

Casi no hablamos mientras estuvimos ahí. Nos dedicamos a escuchar a María, la dueña del lugar, hablándole a las demás guisanderas. Les aseguraba que Dios con ella tenía un trato diferente, ya que llevaba exactamente 55 años jodiéndola de lo lindo. Y pese a lo gracioso que resultaba todo aquello, Sepúlveda se dedicaba a masticar despaciosamente la carne y las verduras. Se veía casi molesto, como un adolescente que está contra su padre y de pronto descubre con fastidio ante el espejo que acaba de hacer un gesto muy parecido a los de éste.

Yo me comí unas papas, que rocié de salsa. Estaban francamente buenas. Luego caminamos en dirección al Hoyo de Merriam, precisamente hacia un depósito que alquilamos y cuya ventana y superficies había cubierto, días antes, con láminas de plástico adhesivo. Aquel era un sitio de súbito silencio, un silencio que debía ser similar al que se experimenta en el interior de una tumba (preparamos el lugar por si algo salía mal y esconder allí a la joven a secuestrar). Y aunque no lo recuerde con exactitud, antes de llegar a dicho lugar nos detuvimos en una tienda cuyo cartel, en madera trabajada a mano, anunciaba antigüedades, y ahí compramos una colchoneta. En esa misma calle compramos botellas de agua, papel higiénico, refrescos y snacks, y lo acomodamos todo en una pequeña maleta. Luego salimos del lugar con mucha pericia, cargando el bagaje, y nos sentamos en una banca frente a la iglesia de Los Dolores.

Sepúlveda sacó de su chumpa la petaca que siempre le acompañaba, atestada de ron y única herencia de su padre (sobre la lata tenía el diseño de dos elefantes en plena carga, espléndidamente grabados), y tragó bastante, arrugando la cara, gesto que habría de sumarse al mal humor que ya mostraba. Luego me ofreció, y bebí igualmente un amplio trago mientras veía cómo las palomas descendían bajo los campanarios, y también miré a las que estaban en el suelo, frente a nosotros, moviéndose como parpadeos. Le devolví la petaca a Sepúlveda y éste, mirando igualmente hacia las columbiformes, hirió su hosquedad sangrando nítidas palabras.

—¿Has pensado alguna vez en Hitler? —dijo, y sin dejarme responder, continuó. —Hitler es un personaje justamente desdeñado, para qué negarlo, pero escribió *Mi lucha*. Y es un grandísimo libro. Es más, creo que es una obra maestra de la literatura universal. Puede que sea de la categoría de un Quijote o un Otelo, pero eso nunca lo sabremos. Y mirá que al decir nunca quiero decir exactamente nunca.

Yo miré hacia la catedral. No dije nada porque no tenía nada que decir. La verdad es que siempre fui algo torpe, y más aún al tratarse de esos temas. Pensándolo bien, creo que hasta bien entrado el quinto grado escolar aprendí a atarme los cordones de los zapatos. Sepúlveda, por su parte, jamás perdió su gusto por demostrar lo letrado que era, rasgo que me resultara detestable, cada vez más difícil de sobrellevar.

Cuando se hicieron las dos de la tarde, caminamos varias cuadras hacia El Chile, donde un muchacho muy joven, de mecanizada amabilidad y con quien ya habíamos acordado, nos llevó hasta un parqueo privado y le dio a Sepúlveda las llaves de un Volkswagen Combi. Le echamos un vistazo, probamos motores, comprobamos aceites y luego arrancamos hacia el Golden Fish, donde, a fin de envalentonarnos, nos dedicamos a beber ron muy despacio hasta que se recostó la noche en pleno día. Y no lo he dicho, pero estuvo lloviendo todo el tiempo.

Mystery Machine

Sí, estábamos por llevar a cabo un secuestro. Habíamos hecho enésimas fechorías, pero ninguna de ese tipo. En realidad, no éramos más que asaltantes de muy baja estofa. Pero fue precisamente la cantidad de plata que, en un tono muy didáctico, nos ofreció un sujeto que se nos presentó como el Señor Chinarro la que nos hizo convenir. Luego nos dijo que nosotros sólo habríamos de efectuar el plan que él, minuciosamente, ya había elaborado. Y la verdad es que el tipo había hecho la tarea. Horas después nos dio la mitad de lo acordado y nos aseguró que nos daría el resto una semana después, en el puerto de Amapala. La dirección precisa del sitio estaba, entre otros muchos detalles que expresó con calculado arranque, en el folder que llevaba consigo y que nos entregó. Sin embargo, lo más significativo, lo que hacía falta entre aquellos pliegos era lo más sustancial: una fotografía de la joven. Le estaba costando conseguirla, pero aseguró que nos la entregaría, a más tardar, en un par de días.

El aspecto del Señor Chinarro era el de un turista. Parecía, recordando acuciosamente su estúpida sonrisa, todo un icono bisexual. De hecho, nos dijo que, esta vez en un tono insólitamente amistoso y luego de tragar su tequila, el país entero le había decepcionado, y que por ello resolvió largarse.

En aquel momento pensé que uno puede odiar a su país, pero no permitir que un extranjero se lo critique. Por otro lado, de más está decir que el muy cabrón no quería llevarse de recuerdo una sayuela lenca o una pulserita: quería llevarse a una muchacha. Y si bien pudimos largarnos de la ciudad con el dinero que ya teníamos en los bolsillos, decidimos realizar el rapto porque Sepúlveda y yo habíamos decidido, no hacía mucho, dejar de ser unos ladronzuelos superfluos, por lo que aquella era una oportunidad apremiante.

A las nueve de la noche, cuando la lluvia más arreciaba, salimos del Golden Fish y conduje hasta el barrio La Leona, donde vivía la joven. Y esa noche, como nos explicó detalladamente el Señor Chinarro, estaría ella sola en casa, descalza en su habitación, agitando su recién servida copa de albariño, sumergida en un tácito monólogo que pronto acabaría evaporándose justamente como los humos de hielo seco que le agregaba.

Cierto es que aquellos frenéticos detalles yo no habría de corroborarlos, pues me quedé en el Combi con el motor encendido viendo a Sepúlveda sacar la pequeña escalera del auto para facilitar la escalada del muro.

Lo vi acomodarse la pistola en la espalda baja y luego, bajo el centelleo de un relámpago, sus arácnidos movimientos.

Minutos después Sepúlveda apareció por el portón, con la joven maniatada. Le había cubierto la cabeza y la obligaba a avanzar con un cuchillo puesto en la yugular. La metió bruscamente en el Combi color cacatúa y la amenazó de muerte si continuaba con el escándalo. Yo miré todo aquello con el adolorido cromatismo de los maleantes y aceleré rumbo al Sur. Y avancé por la carretera mientras miraba la sucesión de árboles y escuchaba a la joven sollozar. Miraba además los camiones que venían y a los que me rebasaban, y no sé por qué, pero pensé en la frase que dicen algunos, esa famosa frase que afirma que nacemos solos y morimos solos. Eso no es para nada la verdad. Desde el minuto cero al último nos acompañan objetos. Como el trapo que cubría el rostro de la joven, por ejemplo, o el cuchillo en la mano de Sepúlveda.

Nevada

Poco antes de llegar a Choluteca y quizá con la finalidad de distraerse, pero sobre todo poniendo a prueba mi paciencia, Sepúlveda aseguró que el arte no era más que ignorancia y que el artista es quien la exuda de alguna forma.

Si un artista es un ignorante, ¿pues qué era yo, que ya de por sí no era nada?

Luego, movido por quien sabe qué resortes, buscó en su chumpa la fotografía de la joven y me la ofreció para que la viese. Yo le dije que prefería no hacerlo, a lo mejor porque no quería que aquel rostro me atormentara eventualmente, así que dejé la foto en el asiento del copiloto.

Entonces comenzó a llover con una fuerza inaudita. Me vi en la obligación de reducir la velocidad para pronto detener el Combi del todo. Hacía mucho frío. Me volteé y miré el cuerpo de la joven temblar sobre la colchoneta. Sepúlveda fumaba, muy ansioso, paranoico. No objetó que me detuviera en la carretera porque aquella borrasca no era para nada normal. Fue entonces cuando, presa de un extraño frenesí, sentó a la joven, que sólo llevaba puesta una camisa blanca y la ropa interior, y le descubrió la cabeza.

Yo estaba a punto de maldecirlo, pero hice lo que él: mirarla en silencio.

Ella miraba a Sepúlveda y a mí a cada tanto, aterrorizada. Me salté los asientos delanteros y me coloqué frente a ella, sin hacer el menor comentario, y encendí la tenue luz del interior del Combi para verla mejor. Sepúlveda también permaneció callado, mirándola extasiado.

En ese momento comprendí el silencio, el malhumor que arrastraba Sepúlveda desde la noche anterior: la joven era la mujer más agraciada que había visto en mi vida. Irradiaba ella una dulzura descomunal, una inhumana pureza. La miraba e incluso sentía cómo aquella tormenta eléctrica se mudaba a mi interior, impiadosa.

Y viéndola embelesados estábamos cuando Sepúlveda, con una repentina cara demoniaca, con una insólita cara de enfermo sexual, se llevó las manos al pantalón, se bajó el zíper y comenzó a manosearse. Ella se echó hacia atrás, pávida, y él trató de alcanzarla. Fue entonces cuando sentí como si alguien, tal vez el creador de todo cuanto existe, hubiese metido una lluvia de días dentro de otros días para modelar ese único y efímero instante: tomé mi revólver e hice germinar el destello de la detonación.

Sí, le volé los sesos a Sepúlveda. Su cabeza despedía un aroma a hierro tibio. El rostro de la joven, por otro lado, salpicado de sangre y migas encefálicas, delataba la baja repentina de su flujo sanguíneo; estaba en shock; apenas respiraba.

No mucho después la tormenta amainó considerablemente. Salí del auto y comprobé que estaba muy cerca del puente de Choluteca. No lo pensé dos veces y conduje hasta ahí, desde donde arrojé a Sepúlveda a la enfebrecida corriente. Luego vislumbré las luces de la ciudad. Volví al Combi y la joven aún estaba conmovida. La desaté con el cuchillo, le quité la mordaza, saqué del bolso un bote con agua y limpié su rostro con una franela; le ofrecí otro bote para que bebiera. Tomó pequeños sorbos, temblando, mirándome incesante.

—Caminá en esa dirección y buscá ayuda —le dije, mientras le colocaba mi chumpa. Luego la ayudé a bajar del Combi, miré sus pies descalzos sobre el húmedo asfalto y añadí, esgrimiendo el mechero de Sepúlveda frente a su rostro: —Decí algo. Lo que sea, por favor. Necesito escucharte.

—Tus ojos —me dijo poco después, mirándome aún incesante, confusa.

—¿Mis ojos?

—Heterocromía. Tenés heterocromía.

Dos cosas ignoraba en aquel momento: qué significaba aquella palabra y que justo esa noche ingresaba por la cuenca del Atlántico el huracán Fifí.

Recuerdo que la miré fijamente, subí al Combi y conduje en dirección a El Jicaral mientras veía su silueta miniaturizarse en el retrovisor. Y ahora mismo continúo conduciendo, muchos años después y en un descapotable, con el brazo fuera de la ventanilla, fumando y vertiendo la ceniza en un pesado cenicero de cristal tallado en el asiento de al lado. Continúo conduciendo a 90 kilómetros por hora y justo sobre la carretera más solitaria de Norteamérica, en Nevada. Desde el estéreo me pellizca la canción *Dance Hall Days*, una de mis favoritas, y del retrovisor cuelga, en lugar de un crucifijo o el famoso ambientador Car-Freshner, la fotografía.

Se fue lejos para seguir aquí. Eso fue lo que pensó Tenoch cuando Mariela se marchó hacia su trabajo. Y ahora, tomando café frente a su pc atestado de papelitos en los que anota ideas, abre el Word y mira con la taza próxima a sus labios a la execrable, la hedionda página en blanco. Además, trata de recordar lo que soñó por la madrugada, pues, aunque no recuerde lo soñado, sabe que en el sueño era feliz, así que despertar le molestó una barbaridad. Y si bien aún no se atreve a recostar sus dedos sobre el teclado, tiene atravesado el espíritu por la fervorosa necesidad de expresarse, de escribir. Y piensa además que lo escrito podría llegar a tratarse de un libro pendejo, lo que lo llevaría eventualmente a publicar un par de libros más, con suerte cada vez menos pendejos. Salta entonces a pensar de nuevo en Mariela. ¿No sería ella el mismísimo sueño que soñó marchándose? No lo sabe. Cierto es que Mariela recién se marchó y ya en su pecho, el reloj de sangre, mide temeroso el tiempo de la espera, pues ella le dijo, como si estuviera incendiándose por dentro, que si él gustaba volvía justo después del trabajo. Tenoch, que ha sido un criminal en cuanto a desprenderse de los demás, asintió sonriente, en silencio. Entre otras cosas, pese a la desmesurada necesidad de escribir que le corroe, decide abrir el Spotificante y busca la sección Descubrimiento semanal, donde se topa con una nueva canción de la banda Madrugada. Sale al mirador del apartamento con la pausa de azúcar y granos tostados en la mano. Tiene de frente, aunque lejos, el Redondel de los Artesanos, donde algunos niños juegan a la pelota. Mira también, en la calle, a menor distancia, a varios individuos que van de un lado a otro con el típico andar de las personas responsables y laboriosas, así que sonríe. Sonríe porque sabe que en el interior de los más esforzados trabajadores se ocultaban los mayores vagos. ¿Sobre qué escribir?, se pregunta poco después, y piensa además en el estilo y la trama de lo escrito. Decide que su estilo debe avanzar dando triunfales zancadas y que la trama debe ir justo detrás, arrastrando los pies. ¿Una historia sobre el fracaso? ¿Acaso no son lo mismo la literatura y el fracaso? Entonces recuerda súbitamente el proyecto transpoético de Josecho, un personaje del escritor Agustín Fernández Mallo, pues Josecho trata también de concebir una novela, más bien un artefacto, hasta entonces nunca visto: tomando únicamente los inicios, los tres o cuatro primeros párrafos de novelas ya publicadas e ir poniéndolos unos detrás de otro, haciéndolos encajar, de manera que el resultado final sea una nueva novela perfectamente coherente y legible. Tenoch piensa en la posibilidad y sonríe especulando que podría ir incluso más allá de los ideales de Josecho. Y en ello piensa cuando, desde dentro del domicilio, se desprende *Everything I Say* de Vic Chesnutt, canción que conoce desde hace mucho y que para nada es, como suele ocurrirle al prestar oídos a la mencionada sección del Spotificante, un hallazgo. Pasa luego a pensar en que tiene nueve horas antes de que aparezca Mariela, así que, cargado de palabras, luego de sorber por última vez su café, se detiene frente al pc y toma asiento, se descalza, siente en los pies la frescura del embaldosado, piensa en el proyecto transpoético y en su vida y en mezclarlo todo y acaso en mejorar ambas cosas pese a que sean éstas una mentira. Entonces traza la primera línea: *En mi vida sólo hay fracaso*. Mirá lo que ha escrito, le agrada, pero no del todo, hay algo en la frase que no le suena, decide modificarla: *Soy un fracasado, es la verdad*. Esta otra frase le parece incluso más floja que la anterior, necesita arrancar de otro modo, de forma todavía más literaria y a la vez de forma poco convencional, entonces garabatea una línea más extensa. Ahora sí, se siente satisfecho, siente que lo ha logrado, y pasa a pensar en que, pasadas las nueve horas, Mariela volverá del trabajo para convertirse en su primera lectora. Sí, ahora está mucho mejor, se dice mientras lee de nuevo las palabras en el ordenador, y prosigue derrumbando sus ideas sobre el teclado, continúa haciendo una caricatura de sí mismo. En el apartamento sólo se oye a Chesnutt, el tañido del teclado y el viento que afuera golpea la alambrada.

El breve y pretencioso diario de un copista

¿Yo? Persigo una imagen, solamente.
NERVAL

Para empezar, un comentario previo, tan llano y desnudo como es posible: soy un fracasado.

Tal arranque carece de interés alguno, lo sé, pero es la verdad: soy un fracasado. ¿Y cómo lo sé? Pues muy sencillo: cuando hablo me escucho. Y no solo un fracasado, también soy un bobo sentimental. Un bobo sentimental que la mayoría del tiempo anda a toda pastilla (sertralina y alprazolam) pisando las calles de la ciudad como quien se dirige al encuentro de su propia desesperación. Un poeta y amigo me obsequió, no hace mucho, unas sandalias tan cómodas y guapas que mi sombra incluso gruñe de celosa, pues casi nunca las arranco de mis fracasados pies. Así que, gracias a las sandalias, avanzo muy a gusto y a toda pastilla por las avenidas de Ciudad Gótica, por las mugrosas avenidas de Gótica, vale añadir.

Mi nombre es Bruno Díaz. Sí, el propio nombre hispanoamericano con el que se bautizó a Batman. Pese a ello, llevo puesta una camisa gris (que también fue un presente) en la que se ve la silueta de uno de mis superhéroes favoritos: Gandalf. En ella también se lee la frase *You shall not pass*, que fue justamente la que utilizó Gandalf al enfrentarse al Balrog de Moria y comenzar así la Batalla de la Cima. Conservo cierta tirria hacia la marabunta de personas que idolatran a la Marvel y DC Comics (me refiero estrictamente a la marabunta), pues las considero personas fáciles de impresionar. Por mi parte, fueron desde siempre Fëanor y Tom Bombadil, para ejemplarizar, mis superhéroes favoritos.

Cómo quisiera tener en mi poder la espada Andúril y con ella partir en dos a los majaderos que dicen que Cristiano es mejor jugador que Messi, pero, sobre todo, para cortar en juliana a los pandilleros de corbatín que se han clavado de muelas de la entrepierna del Congreso. Son la mismísima ladilla. Aunque creo que, si se piensa bien, la palabra ladilla no los describe a cabalidad. Gamborina[2] sí.

El que hace públicas sus ideas corre el riesgo de convencer a los demás, ya sea mierda el sistema óseo de su discurso. A mí me gusta mucho oír las arengas políticas, sus líricos hablados públicos. Sé muy bien que no hay nada más trillado, eternamente trillado, falto de lijaditas y barnices, que la palabrería política. Por si fuera poco, el político se cree erudito porque utiliza palabras

---

[2] Gamborina: pedacito de papel de inodoro que se queda enredado en los pelos del culo al limpiarse después de cagar.

como *colación*. Vaya marranos. Y el emperador de la porqueriza se llama Oswaldo Ramos Soto; él es una de las muchas razones por las que no creo en Dios, o al menos en esa perfección que le atribuyen. Ningún ente perfecto tomaría la iniciativa de crear a un hijodeputa de semejante categoría. Pero bueno, no quiero explayarme en cuanto al asunto, aunque sí hay que tener algo muy claro: La política no son esos dimes y diretes a los que estamos habituados; el terreno de juego, la cancha donde se lleva a cabo la auténtica política es la negociación secreta. Por otro lado, siempre sintonizaré más con un hombre perdido en el último muelle del último puerto del mundo que con una pandilla de individuos tratando, por ejemplo, de *cambiar la patria*.

Aunque me llame Bruno Díaz, como el superhéroe, me gustaría ser el Fëanor de J.J.R. Tolkien, el cabreado individuo que habría de forjar los Silmarils. Un Fëanor en sandalias, eso sí. Y además de caminar a toda pastilla con mi camisa de Gandalf, llevo puesto un pantalón marca Polo, y esto porque, además de ser un fracasado, sufro el infortunio de no encontrar en los bultos un pantalón que me agrade o de mi talla. Los pantalones representan para mí un verdadero gasto. En cuanto a mi aspecto, pues resulta ser muy peculiar. No desagradable, pero tampoco plato de todos los gustos.

Sea como fuere, mi nombre es Bruno Díaz y avanzo a toda pastilla por las mugrosas calles de Ciudad Gótica. Me gusta mucho caminar, y máxime a solas.

Quienes caminan a solas poseen un sexto sentido, una especie de facilidad de percepción muy superior a los que caminan acompañados y todo el rato están hablando como cotorras y no se fijan en nada, incapaces de captar detalles.

Recuerdo que, de niño, mi madre solía llevarme al mercado bajo ésta estricta condición: no soltarme bajo ningún pretexto de la pretina de su pantalón. Ya de niño veía a la gente hablar en la calle y me preguntaba de qué estarían hablando y si tenían algo realmente que decirse. «Hay mucha gente en este mundo para conversar», me decía mi madre, quien sufría al verme tan tímido, tan cerrado, hablándole en el patio de casa a los pedazos de caoba con los que construía un navío que me llevaría justamente al vientre de la luna.

Tenía siete, o tal vez ocho años cuando pretendía ir a potrear a la luna y diseñaba, con los restos de madera que siempre había en casa (mi padre es ebanista y se llama también Bruno Díaz, lo que no deja de resultarme peculiar, puesto que soy el sacaleches y los padres es a los primogénitos a quienes yerran con su nombre), un bajel con en el que me embarcaría en semejante odisea. Y hacía bien al pretender emigrar de mi barrio e instalarme en la luna con la única compañía de mi balón Molten y mientras mascaba sonoramente una bola de chicle. Ahora estoy plenamente avergonzado. He irrespetado del todo a ese niño que fui. No soy más que un fracasado con nombre de superhéroe que vaga errante por las calles de la ciudad y palpa día a día a la más pura soledad. Pese a estar rodeado de muchas y diversas personas, dentro mío no hay más que vacío, destierro, un corazón que por mis errores está más que despoblado. Pero no hay mal que por bien no venga, pues gracias a tanta soledad y a pesar de ser un fracasado (o a secas por ser un fracasado), decidí volverme un escritor.

Pero hay que dejar claro que una cosa es ser escritor y otra, escribir. Y sobre ésta y otras impresiones literarias hablaré después, ya hablaré.

Cuando me desoía de la niñez mi padre me preguntó qué quería estudiar en la universidad. Le respondí casi de golpe que quería ser como Iván Turgueniev. Todavía recuerdo la cara de estupor de mi padre, la que ha venido afinándose considerablemente a causa de la vejez y la diabetes.

Con apenas 14 años estaba empeñadamente enamorado de Clara Mílich, la desdichada Clara, la insensata Clara, el arquetipo femenino del siglo XIX. Leía una y otra vez las traducidas palabras de Turguénev, me recostaba en ellas, me creía el redimido y melancólico Arátov. Luego leí a Gógol, a quien admiré considerablemente. De hecho, voy a verter aquí lo que tras su muerte dijo Turguénev: «¡Gógol ha muerto! ¿Qué corazón ruso no se conmociona por estas tres palabras? Se ha ido el hombre que ahora tiene el derecho, el amargo derecho que nos da la muerte de ser llamado grande...»

El culpable de verme sumergido en aquellas lecturas fue mi hermano mayor, Felisberto Díaz, quien era estudiante de psicología y con frecuencia solía llevar un par de libros nuevos a casa. Felisberto, por otro lado, asistía a cursos de iniciación al arbitraje futbolístico, junto a mi primo Neptalí, Neptalí Díaz, así que *Reglas de juego* fue una de mis primeras lecturas. Gracias a ese texto, cuando de niño veía un partido de fútbol junto a mis vecinos, al ver sus caras de desconcierto cuando invalidaban un gol, les explicaba tímidamente que la jugada fue desautorizada porque uno de los jugadores estaba mal ubicado, estaba en *ocsay*.

Así que, desde muy temprano, consideré que no hay nada más relevante y más serio que la literatura. La pubertad, por su parte, me hizo liar bártulos y terminé modificando la expresión: Sólo el sexo es más relevante que la literatura y un ataque cardiaco algo de mayor seriedad.

En la escritura, encuentro lo que suelo llamar vividad. Vida en el papel, vida traída a una vida distinta por el arte más elevado. En *La biblioteca de Babel* (relato de Borges), algunos estudiosos aseguran que se anticipó el internet (qué pena, por cierto, que nos falte el comentario irónico que habría dado Borges de haberse enterado de que fue un visionario que prefiguró la Red). Así de imprescindible, de excelsa es la literatura; en sus aguas yace, haciendo la alcancía como si fuese un niño pueblerino, el Infinito.

Como dije anteriormente, soy un bobo sentimental que camina a toda pastilla por las calles de Ciudad Gótica arrastrando su habitual vida de fracasado y, por si fuera poco, también soy *escritor*. Un escritor que a veces olvida escribir y se mete de lleno en los deportes de invierno, es decir, que mi nariz se desliza por la blanca nieve de la más pura de las cocaínas, lo que, como es propio del narcótico, acaba acentuando mi desaforada inclinación hacia el alcohol. Soy todo un kalsarikännit[3]. Es todo un milagro que no haya contraído a estas alturas una enfermedad hepática.

Por Finlandia sufro una extraña añoranza, a pesar de no haberla pisado nunca. Aquí las dos razones: Paavo Haavikko, el poema *Ulises* de Paavo Haavikko. La otra razón es la feminidad finlandesa. Según una revista que hojeé, mientras hacía espera para un chequeo médico, además de ser muy hermosas, las finlandesas son las mujeres más golfas del planeta. Francamente, el título en la revista era un poco más descriptivo: Las más putas del mundo. Me decanté por utilizar el término golfas porque para mí la palabra posee cierto aire romántico.

En fin... Como ya expresaba, descubrí que soy un fracasado gracias a la sencilla táctica de escucharme, y

---

[3] Kalsarikännit es una combinación de dos palabras finesas: *kalsari*, que significa "ropa interior", y *kännit*, que significa "emborracharse".

cuando lo descubrí, me detuve en seco; necesitaba salir de casa y al revisar mis bolsillos encontré, además de un número telefónico de risible grafía, un duro y estremecedor vacío: 57 lempiras. No tenía dónde caerme muerto. Me sentí como si me hubiesen arrojado a las tinieblas exteriores de una realidad hostil y monstruosa. Es decir, como si me arrojaran nuevamente a la vida. Sí, la mismísima vida vestida con las andrajosas formas de mi habitación. Fue entonces cuando, bajo la mirada cariñosa de Carson McCullers, el póster de Carson McCullers que estampé en una de las paredes, pensé en voz alta y me escuché: *Estás bien hecho pija, Bruno, y también estás solo, como la mierda.*

Me sentí tan atónito al experimentar todo aquello que decidí estudiar con supremo detenimiento mi vida de fracasado. Me volví un todo analista de mi temperamento (actividad tan necesaria y estimulante como la lectura misma), y como era de esperarse, acabé convencido de no ser más que un noble arruinado entre las ruinas de mi propia estupidez. Fue entonces cuando, mientras experimentaba la sensación de menoscabo, comencé a plantearme todo tipo de cosas. Convertirme, por qué no, ante los ojos del mundo en una persona trabajadora, entrar en contacto con los tugurios de la esclavitud, volverme un oficinista, llevar una vida como la de todas las personas normales. No podía seguir así, eternizándome como un desocupado solitario. Otra solución en la que pensé fue en montar cualquier clase de negocio que absorbiera a pura gente habituada al despilfarre. Tenía muy claro que no podía continuar de aquella forma, que debía buscar una salida a mi triste andadura de fantasma fracasado por las calles de Ciudad Gótica, y en todo ello pensaba e imaginaba incluso el pc *gamer* y los calzoncillos que compraría con mi primer préstamo bancario cuando de pronto me dio por coger del escritorio el libro de Guido Ceronetti que compré a pocos pesos en un pulguero, y leí al azar: «Hay vidas que terminan sin dejar nada, ni destruido ni detenido, sin abrir ni congelar ningún desorden, mínimas obras de arte en el gran desequilibrio humano.»

¿Había querido el destino hundirme como ser humano? Aquello me dejó todavía más vencido, pero también y a cuenta gotas me fue proporcionando una saludable y rara felicidad, como si mi *impensado* proyecto de hundirme en el fondo de mi propio abismo estuviera dando por fin un arrogante sentido a mi vida. Pues muy bien, de acuerdo, me hundiría y aleluya, por ello no haría un problema. Así que decidido me dirigí al baño y sin mirarme al espejo me lavé la cara, como si esa prosaica y rutinaria labor matinal pudiera ayudarme a borrar la sensación de haberme visto convertido en un fracasado profundo, un fracasado al que los días le transcurrían lentos, lentísimos, sin nadie. Luego alcé la vista y qué maravilla mirarse al espejo y ver la figura de un joven que se dedica a dejar que las cosas le lleguen y luego ver cómo se van faltas de sentido, a diferencia de lo que les ocurre a las demás personas, que sólo están preocupadas por integrarse a la sociedad, por *ser alguien*.

Nada tiene importancia si uno se molesta en mirar bien el mundo, se los aseguro.

Y bueno, no sé si todos lo saben, pero cuando uno se queda solo durante mucho tiempo, donde para los demás no hay nada se descubren cada vez más cosas por todas partes. La intuición me decía que mi destino parecía marcar el camino de continuar solo, sin relaciones ni amigos, tristemente solo y perdido, enfrentado a la nada. Por otro lado, a medida que me sumergía en aquella espiral que era yo mismo, me sentía también cada vez más decepcionado del género humano, y pese a ello no deseaba quedarme a solas encarando, por ejemplo, el suicidio como solución, pues había comenzado a odiar la vida por amor a ella, por amor a la vida precisamente.

A la mierda las reflexiones, me dije, y como acto de fe me duché y busqué en mi ropero la ropa menos desteñida, luego tomé una de mis libretas y anoté lo siguiente, presa de un extraño frenesí:

La carne es triste.

Cerré la libreta y, mientras me disponía a guardarla en una de las gavetas del escritorio, encendí mi viejo armatoste portátil y a vuelo de cursor me dispuse a navegar por internet cuando de pronto se acomodó en la pantalla una mosca.

Lo que faltaba. Había eludido magistralmente mi particular momento apocalíptico y en ese instante una mosca se acomodó en mi laptop. Es decir, la mosca viajó desde algún apestoso lugar hacia mi carne, hacia mi fétido olor a fracaso.

Abrí de nuevo la libreta y añadí lo siguiente:

Plan para hoy y para el resto de mis días:
ser lo más distinto posible al desgraciado que soy.

Lo cierto es que aquella mosca me recordó a la que apareció en el episodio diez de la tercera temporada de *Breaking Bad*. De hecho, el capítulo se titula *Fly* (quiero suponer que son moscas distintas; me horroriza pensar que se trate de la propia mosca que enloqueció a Walter White).

Recuerdo que devoré en sesión continua las tres primeras temporadas de la serie y las dos restantes también las devoré de forma exagerada justo después de tragar las primeras tres. Una serie fantástica. Y el éxito de la serie está ligado a la inspirada narración de una metamorfosis. Lo más notable de la mudanza moral que describe *Breaking Bad* estriba en que no narra una transformación corriente sino la historia de cómo un gris profesor de química se cambia a sí mismo. Vaya genialidad.

¿Cuándo me habré de cambiar a mí mismo?, me pregunté. Cuando sea un personaje de Vince Gilligan, me respondí.

Y a diferencia de Walter, decidí ignorar la mosca e hice clic sobre el icono de mensajes. Tal como suponía, no había mensajes ni de amigos ni conocidos. En todo caso, el silencio es recíproco. Por otro lado, dicha ausencia de correspondencia virtual (tan prescindible hoy en día para considerarse un humano) dejó a la vista lo más esencial y patético de la verdad de mi vida: no tengo el afecto (afecto profundo, que es el único que para mí vale) de nadie. Soy el ser más evitable, el más superfluo de la tierra.

Nadie me buscaba y yo, como venganza, no buscaba a nadie.

Llevaba más de una semana sin mirar los pormenores de Facebook y pensé que tal vez se había vuelto urgente saber cómo andaban las cosas en la pantalla de mi vida artificial. Acontecieron varios minutos en los que me dediqué a desplazarme por la página cuando de pronto apareció un mensaje inédito en mi bandeja, cuyo destinatario se hacía llamar Clara Fernández, a quien yo desconocía por completo. En su mensaje, ella exponía su interés por hacerme una entrevista. Decidí no contestarle y espié su perfil, donde no encontré ninguna fotografía suya, a secas imágenes minimalistas. De hecho, ni siquiera era parte de mis contactos. Pensé que alguien me estaba jugando alguna broma de mal gusto cuando de pronto me llegó otro mensaje suyo.

Nos podemos ver en el Espresso, contiguo a los cajeros que están cerca de la catedral, el domingo, a las 2:00 pm. Me encantaría charlar con vos.

Vaya cabrona. Me atrapó con esa última chorrada. Ta' bueno pues, me dije, imitando a Diego Luna en su papel de Félix Gallardo, ta' bueno; pero pronto olvidé el asunto y me dirigí hacia un sitio repugnante, un lugar en el que se da cita el fango oscuro y primoroso de vidas quizá mucho peores que la mía: el bar NoName.

Y llegados a este punto debo aclarar que, además de ser un fracasado que anda a toda pastilla por Ciudad Gótica, soy una persona que no utiliza móvil. Hecho curioso en esta generación apantallada, de rictus de teléfono móvil. He tenido algunos, pero los he perdido o empeñado. Por otro lado, nos creemos ultramodernos y digitales, pero las redes sociales ya estaban en la elegante caja de Byron. Sí, el poeta inglés Lord Byron, quien era una persona muy meticulosa: hacía pintar los retratos de todos los amigos a los que quería y de todas las mujeres a las que había amado, y cada miniatura estaba guardada en un sobre de marroquinería y éste en una caja: casi como el Facebook.

¿Una entrevista? Aquellos mensajes que leí fueros todos ellos raros y reaparecieron en mi cabeza mientras sonaba Celia Cruz en la radio del rapidito. Soy a todas luces un palurdo. Un palurdo que halló en el pesimismo una excusa para la haraganería. ¿Quién querría entrevistar a alguien como yo? Acabé intrigado. Hay cosas que sólo pueden decirse escribiendo, que no pueden expresarse bien a través de una película, una serie televisiva o una pintura, mucho menos en una entrevista donde quien esgrime el interrogatorio rompe tu cota de maya por sorpresa.

Cuando me arrojan una pregunta a bocajarro me convierto en una brújula que gira enloquecida sin saber dónde apuntar.

Siempre me gustaron las ciencias, sobre todo porque el escritor se ocupa de conmovernos con sus mundos imaginados y el científico, de descifrar el mundo real.

Según Italo Calvino, Galileo es el más grande escritor en prosa de la lengua italiana y merece igual fama como inventor de fantasiosas metáforas que como científico (los detalles de la gran obra de Dios están vedados, dice Galileo, a aquellos que desconocen las matemáticas).

Todo esto me lleva a pensar en Borges, pues aparece y reaparece en textos científicos y de divulgación científica: menciones a *La biblioteca de Babel* para ilustrar las paradojas de los conjuntos infinitos y la geometría fractal, referencias a la taxonomía fantástica del doctor Franz Kuhn en *El idioma analítico de John Wilkins* (favorito de neurocientíficos y lingüistas), invocaciones a *Funes el memorioso* para presentar sistemas de numeración y hasta una cita de *El libro de arena* en un artículo bastante reciente sobre la segregación de mezclas granulares.

Y podría extenderme en cuanto al asunto físico-literario, pero no quiero incomodar a quienes están habituados a las lecturas *light*. Sólo quería evidenciar mi interés por las ciencias, sobre todo por la Física.

Y fue mi padre quien precisamente me ofreció mi primera lección sobre Física. Me explicó que, mientras me levantaba del suelo tras caerme de una escalera al tratar de cambiar una bombilla, el cerotazo me lo llevé a $9.8 m/s^2$, que es la velocidad con la que caen los objetos a la tierra, la aceleración de la gravedad.

Todo esto viene a cuento porque, mientras me dirigía en un rapidito hacia Ciudad Gótica, exactamente hacia el bar NoName, miré gracias al retrovisor que en el autobús no cabía un alma más. Aquello me hizo recordar un astuto chiste del comediante mexicano Carlos Ballarta sobre el transporte público y la teoría de la impenetrabilidad, que bien a secas se trata de la resistencia que opone un cuerpo a que otro ocupe su lugar en el espacio, es decir, ningún cuerpo puede ocupar al mismo tiempo el lugar de otro. Pero Ballarta, ingeniosamente, asegura que, en el transporte público, sobre todo en autobuses, esta teoría se va la chingada, pues el automóvil puede ir empachado de personas (una cajetilla de fósforos lo haría reventar) y aun así el cobrador asegura que todavía hay espacio para una docena de obesos cargados de bombos y acordeones.

En el rapidito, por cierto, iba sentado tras el conductor, que puede llegar a ser, al igual que el asiento del copiloto, el más inseguro para viajar, esto porque el azar siempre abre puertas impensadas y en los rapiditos el manojo de llaves suena a disparos o cuchillazos. Pese al riesgo, siempre lo he considerado el asiento más cómodo. Así que mirando por la ventana desde mi asiento pensé en otro vivo ejemplo de impenetrabilidad: el gobierno. Imaginen el titular: No se permite la existencia de opositores al gobierno. Me resulta muy gracioso.

Entre otras cosas, tampoco creo que todo lo malo que le ha pasado a la humanidad se deba a tramas y maquinaciones. Se debe a que somos unos estúpidos excitados y hambrientos que buscan mierda, esperando que justo esa mierda presione el botoncito de nuestra cabeza que nos dice: *Bien, ahora estás feliz*.

Acabé pensando, además, bajo las célebres notas musicales de Elvis Crespo, que el rapidito me llevaba, inevitablemente, hacia el encuentro conmigo mismo. Incluso me dio por definirme, y así lo hice, procurando no dejar en el tintero lo pensado para luego anotarlo en una de mis libretas:

Bruno Díaz. Edad: 27 años. Sano y despierto. Un hombre sano y fuerte, con todo tipo de talentos. No tiene profesión, ni amor, ni alegría, ni esperanza, ni ambición ni egoísmo siquiera. Nadie en el mundo es tan superfluo como él.

Bajé del rapidito en un estado inesperadamente eufórico. Casi parecía un chiquillo que sale de casa y a toda prisa a pelotear con sus amigos del barrio. Entonces avancé sobre mis pasos y le dije de golpe, a una mujer de mediana edad que vendía baleadas en una esquina, las palabras que recién escuché de los altavoces del rapidito y en un tono bastante prosaico:

—*Algo en tu cara me fascina. ¿Será tu sonrisa?*

La mujer, con las manos en el delantal, me miró horrorizada, sin pestañear, y no dijo nada; actuó como si conociera de sobra la indiferencia del mundo hacia mí.

Luego inicié el descenso hacia el NoName y, mientras avanzaba, miré a otra mujer, que llevaba una falda abierta hasta los muslos. Me pareció descubrir que el lugar más erótico del cuerpo estaba justo allí donde la vestimenta se abría. Pensé que la intermitencia es lo más erótico que existe: la discontinuidad de la piel que centellea entre dos telas, por ejemplo. Di otro paso más hacia el paraíso de las ideas majaderas y pensé que, en definitiva, aquello era una representación de la brevedad de la vida: la puesta en escena de una aparición-desaparición.

Me quedé muy ancho después de pensar semejantes idioteces (que delataban drásticamente que a mi definición anterior le faltaban algunos aspectos sobre mí) y continué andando y poco a poco me fui adentrando en las vísceras de Ciudad Gótica. Y qué chingo de gente el que va y viene en una ciudad. Constaté lo que decía mi colega, el doctor Louis Ferdinand Céline: «Oleadas incesantes de seres inútiles vienen desde el fondo de los tiempos a morir sin cesar ante nosotros y, sin embargo, seguimos ahí, esperando cosas...»

Y así, a toda pastilla y presa de las más puras naderías, caminé hasta llegar al NoName, donde, para mi sorpresa, no había nadie, tan solo una especie de tenso y rancio silencio fermentado desde sabe Dios cuándo. Si el NoName era un templo para muchos feligreses, aquello parecía un milagro al revés. Me quedé un rato sentado en la barra, contiguo a la rocola, donde Víctor, el barman, hacía números en una libreta. Le pedí una Imperial y me dediqué a mi habitual distracción de evocar goles importantes de la historia del fútbol. Y creo que estuve media hora celebrando goles en silencio, dando círculos alrededor de mí mismo cuando al lugar entró una muchacha, a quien jamás había visto, y pidió también una cerveza. Por un momento pensé que, a causa de mi aspecto de hombre fracasado, no iba ella a molestarse en verme de reojo siquiera, pero luego de un cruce de miradas extraño, me miró alegre, como si le agradara verme.

—Vos sos... —dijo segundos después.

—No. Yo no soy —le dije interrumpiéndola, algo apocado.

—No sos... ¿quién? —dijo ella, mirándome con una inquietante fijeza.

—Yo no soy. Me llamo así. Me llamo Yo no soy.

Todo sea dicho. En aquel momento, mientras la joven sonreía de forma espléndida, no podía evitar, como me ocurría desde hacía un tiempo, cierta falta de seguridad con las mujeres y no sabía cómo hallar una salida a tal emboscada. Era víctima de mi excesiva memoria y no podía desprenderme del recuerdo, a veces obsesivo, de mi expareja dejándome, hacía menos de un año, por otro hombre (uno mucho más idiota que yo, pero sin vicios y con dinero) marchándose feliz hacia los puertos de Cancún. Era torpe sufrir por eso porque, a fin de cuentas, en su momento debí haberme alegrado de que me hubiese dejado. Pese a ello, cuando sucedió, no me agradó mucho lo ocurrido.

—Ya en serio, ¿vos sos Bruno Díaz? —dijo ella con una gracia afilada.

—El mismo —le dije. —A menos que haya otro Bruno Díaz en Gótica.

—Me llamo Sofía. Mucho gusto —dijo y me ofreció su mano. —¿Puedo acompañarte? ¿O esperás a alguien...?

—Hágale —le dije, dándome ánimos, influenciado por los falsos narcotraficantes de Medellín a quienes vigilaba de capítulo a capítulo en Netflix, y le sugerí el banco a mi lado.

—Me gusta mucho lo que publicás en tu Facebook —dijo, asaz risueña, con la misma alegría que sufriría yo al estar sentado justo al lado de Maradona.

No sé por qué sonrió de aquella forma cuando dijo eso último, y yo logré soportar por unos segundos su mirada alegre y pensé que no hay manera de entender por qué Dios concede belleza, gentileza, tristes y dulces ojos a personas débiles e inútiles, mucho menos el por qué son tan atractivas. Lo digo porque en aquel momento consideré a Sofía una persona muy torpe, y para mí (lo siento por la franqueza) conversar con una mujer torpe es una tarea que exige demasiada concentración. Además, como bien dicen, ya había echado el culo al charral ofreciéndole el banco a mi lado.

—Suelo llamarles *Virtuales papelitos de la soledad*. Qué bueno que te gustan. No pasa con muchos —le dije.

—Son hermosos —dijo, mirándome directamente a los ojos. —Y creo que les gustan a todos. No reaccionan porque provocás envidia.

Me quedé en riguroso silencio, con la sensación de tener el juicio atravesado por una metáfora, y entonces el cielo comenzó a tronar. Recordé un poema de Góngora y también el maravilloso modo de expresarse de mi madre (No tarda una llovedera). Y bueno, la verdad no quería hablar sobre inquietudes literarias, mucho menos con una desconocida, así que le dije a Sofía bien a secas que escribir es hacerse pasar por otro y que, el arte en general, es solo un truco para disimular el inmenso vacío de nuestra mortalidad. Y como también quería fastidiar un poco (algo muy habitual en mí), fingiendo mesura le dije que a lo que me dedicaba seriamente era a la astrofísica, y a lo que dije siguió un enorme silencio, hecho añicos por su inclemente osadía de matricularse risueña en mi desvarío.

—¿Hablás en serio?

—Muy en serio —le dije. —Ahora mismo me interesa el universo.

—El universo... —repitió ella.

—El universo es un vacío cruel e insensible —proseguí, esta vez mirándola a los ojos. —He descubierto que la clave para ser feliz en el universo no es buscar el significado de la vida, sino mantenerte ocupado haciendo cosas insignificantes hasta que eventualmente estés muerto.

—Ya veo —dijo ella, todavía risueña, con los ojos ajaponesados.

Su *Ya veo* me sonó como si dijera: de veras que sos pendejo. En todo caso, sonreí de forma muy natural; aunque en realidad sonreía como un perfecto bobo, un bobo al que una completa desconocida le incineraba de a poco los restos de su simpatía.

—¿Sabés qué hora es? —le dije, poco después, procurando franquear de una vez aquel diálogo.

Ella miró en su móvil y me dijo que eran la 1:45 pm. Enseguida comprendí por qué no aparecían los feligreses del NoName: era muy temprano. Entre otras cosas, costaba trabajo no caer redondito ante el cuerpo y los ojos de obsidiana de Sofía, ante aquella sonrisa a cada segundo más luminosa. Otros habrían asentido embelesados ante cualquiera de sus palabras, de sus gestos.

Yo me di el lujo de ignorarla.

Me gusta mucho jugar StarCraft. Soy aficionado al videojuego desde que Vladimir, mi vecino, apareció en el barrio con el susodicho copiado en un CD, y gracias a que su tío estaba afiliado a una tienda de videojuegos. Aún hoy, 17 años después de aquel encontronazo, el juego me tiene extasiado. Amor puro. A poco estamos de celebrar las bodas de plata.

Mientras Sofía hablaba sobre cosas que (supuse) no comprendía, yo asentía fingiendo atención, pero mi cabeza estaba en otra parte: elaborando una estrategia Terran para hacer mierda cualquier avanzada Zerg. Y en vista de que me sobraba tiempo, todo el tiempo, decidí echar suertes para ver qué hacía. Ganó la opción de salir del NoName y caminar de nuevo entre las gentes de Ciudad Gótica y tratar así de conocer un poco más al género humano. ¿Conocerlo? Por Dios, pensé y sonreí con insulto. Lo que me convenía era pensar, dedicarme a inventar o, mejor dicho, a perfeccionar mi pasado.

Lo que digo sugiere una lógica muy escasa, por no decir ninguna, y pese a ello, considero que el pasado puede corregirse.

Le dije a Sofía que ya volvería, que saldría en busca de cigarrillos. Al escuchar su *Ok* salí del NoName y anduve errático en continuo e indeciso vagabundeo hasta que frené mi andar frente a la catedral y decidí entrar en ella. Me senté en uno de sus bancos para descansar y, al mismo tiempo, preguntarme quién era yo y qué iba a ser de mi vida. Al no encontrar ninguna respuesta, acabé pensando, sin saber por qué, en la apasionante vida de un crítico, esa vida que no todo el mundo ambiciona; la vida del engreído que muele a toletazos una obra sólo para recordarnos que su objetivo como crítico es vengarse de todo creador. ¿Quién lee a un crítico para saber si ha de comprarse un libro? Nadie. Por otro lado, mucha gente ha ignorado desde siempre la crítica literaria, ni siquiera saben qué es, para qué sirve, y es por ello que leen cualquier mierda impresa y la catalogan como arte. Afortunadamente hay lectores decimonónicos, le escuché decir a la escritora Marta Sanz en una entrevista que miré en YouTube.

Aclaro que no soy un lector desaforado, pero sí un lector; estoy enamorado de la melancolía ajena. Lo que intento decir es que, puesto que no soy un voraz lector, no soy un crítico literario sagaz, pero sé distinguir a los monstruosos escritores analfabetas de los que no, y Gótica está indigestada de los primeros. La pasión crítica es una carga, sí, pero es una pasión ejercida con sentido artístico y tenacidad, y sé reconocer la responsabilidad intelectual del crítico literario. Stendhal solía repetir esta frase: «La política en la literatura es un disparo en medio de un concierto.» No se sabe muy bien lo que quiso decir, pero a mí se me antoja análogo al silbato de Chaplin.

No sé si lo saben, pero en una de sus películas Chaplin se traga un silbato, el que sigue sonando en su estómago. Esa será precisamente mi diatriba para quienes escriben en Gótica y lo hacen mal: un silbato que se tragarán por pendejos, un silbato que berreará dentro de ellos sin que puedan evitarlo.

—Disculpe, señor Bruno, ¿a qué se debe su tirria hacia los que escriben en Gótica? —me dijo de golpe un niño, quien se acomodó a mi vera, en la banca de madera dentro de la catedral y mientras jugueteaba con los pies en el aire.

Lo imaginé justo ahí, a mi lado; le sonreí y miré cómo sorbía su jugo de horchata.

—Ojo: hacia quienes escriben mal —le dije. —Y no se trata de tirria, pequeño. Pasa que estos majaderos no logran darme atol con el dedo.

—Ya veo, señor Bruno. Le entiendo. A usted le gusta el atol y a mí la horchata. Y, oiga: ¿cómo distingue usted lo bueno de lo malo de todo cuanto lee en Gótica?

Miré al pequeño. A diferencia de su arrojo, se parecía mucho al niño que fui. Decidí responderle.

—Es una táctica muy simple; espero que jamás la olvidés: Si en una página un libro es malo, rara vez será bueno en la siguiente.

El niño me miró sonriendo, sorbió nuevamente su jugo de horchata y añadió:

—Otra cosa, señor Bruno: si usted fuese un crítico literario, ¿qué diría de su propia obra?

Me quedé callado, mirando al Cristo en la cruz. Fue entonces cuando recordé las palabras de Monterroso, procurando el efugio y mientras miraba al pequeño y fingía simpatía: «Ningún autor serio cree en la crítica, a menos que ésta sea elogiosa para él o contraria a sus colegas.»

De pronto, sentado en la banca de madera, como conectado a una de esas máquinas complejísimas que registran terremotos a quince mil kilómetros de distancia, advertí que el pasado, mi pasado, aparecería en cualquier momento. Por otro lado, la sertralina y el alprazolam, como solía acontecerme a veces, no ayudaban a reducir mi angustia, así que empecé a notar cómo emergía mi profundo lado melancólico de forma desenfrenada. Sentí un sabor acre en la boca y tragué un poco de saliva. Llegué incluso a temer que mi rostro se convirtiera en el de míster Hyde.

Cerré los ojos y fue entonces cuando vi, con buen ritmo en sus pasos, a Rebeca, a mi pasado, aproximándose al altar.

Estaba algo cambiada, pero era ella, la misma Rebeca que me raspó de sus zapatos como si fuera mierda de perro. Había perdido todo contacto con esa mujer de ojos siempre nublados y de misteriosas intuiciones hacía ya más de dos años, y lo único que sabía era que se había marchado hacia los puertos de Cancún con un idiota mucho más idiota que yo, pero un idiota sin vicios, un idiota con miras en la vida.

La miré y seguía siendo una mujer guapa, pero no vestía con la gracia de antes. La ropa, además, era distinta a la que usualmente utilizaba. Me dije que tal vez su nuevo idiota, con quien supuse se habría casado, le había jodido la vida de una forma más suprema de lo que yo. Conozco a muchas personas que al casarse empeoran en todo. Y que pensara en eso no debe relacionarse con ningún tipo de satisfacción o remordimiento. Aunque Rebeca me extirpó de su vida como quien excreta, no tenía nada en su contra. Después de todo, que me abandonase fue lo mejor para ella. El único regalo que logré darle fue no buscarla.

Sea como fuere, lo cierto es que Rebeca se aproximó al altar con mucho garbo, el que duró unos escasos segundos y en los que fui incapaz de reaccionar en un sentido u otro. Tuve miedo. No me avergüenza confesarlo. Miedo de que Rebeca me viera y preguntara a bocajarro y en un tono recóndito:

—Bruno, ¿te parecen coherentes las posturas políticas de Vargas Llosa?

En efecto, aquella habría sido una pregunta para salir corriendo, así que salí de la catedral muy atropelladamente, me metí en el Espresso y luego en el baño, donde enjagüé mi rostro acuchillado por el pasmo. Al salir, Rebeca estaba frente a mí, decidiéndose por un tipo de café. Entonces me vio.

—Bruno —me dijo, con gran naturalidad, como si solo apenas un par de horas nos hubiéramos visto por última vez.

Las cosas que se destruyen para que exista la poesía, me dije. También me reproché mi incapacidad de ser crepuscular, de ser invisible.

—Sí, soy yo, pero no lo soy —le dije, y la vi sonreír; parecía contenta de verme.

—Esto es raro. Recién pensaba en vos. Caminar por el centro me hizo pensar en vos.

Me quedé callado. La verdad es que no sabía qué decirle. Me pareció que ya le había dicho demasiado diciéndole que era yo, pero que tampoco lo era.

—¿Te sentás conmigo? —dijo.

Rebeca siempre tuvo una curiosa forma de sonreír. Sonreía como si lo hiciera hacia sus adentros y no para los demás, como consolándose a sí misma. Aquella petición me pareció rarísima, pero sin decirle nada accedí.

Quise sentarme frente a ella, pero ella sugirió el asiento a su lado. Las emociones son confusas: me gustó que me viera como a un objeto reubicable.

—Contame, ¿qué hacés? ¿Aún escribís? ¿Ahora sos alguien a quien hay que tratar con admiración? —me dijo mientras endulzaba el café.

En aquel momento supe que su ironía conservaba incólume su filo.

—No soy nadie, Rebe. Nadie, en mayúscula —le dije sin mover un solo músculo de la cara.

Ella me miró como si yo fuese un televisor que sólo transmitía ceniza, y arruinó su sonrisa al decir:

—¿Estás bien?

—Estoy bien. Decidí jugar con las cartas que me tocaron —le respondí, y luego guardamos un silencio tan alargado que incluso su café se volvió imbebible.

—¿Qué fue lo que nos pasó? ¿Por qué se fue todo a la mierda? —dijo sin verme y mientras meneaba como quien no quiere la negra y pequeña pajilla.

—Nos pasó lo que pasa siempre —le dije, sin dejar de verla. —No me conocías, te enamoraste de mí, y luego me conociste. Fin.

Rebeca tocó mi mano con comprensiva suavidad. Me molestó que aprovechara mis declives para volverse una amiga solidaria.

—Los principios son siempre hermosos —continué, y le quité con mucho cuidado la pequeña pajilla, la que guardé en uno de mis bolsillos. —El umbral es el lugar en el que conviene detenerse. Creo que la cagamos yendo más allá.

—No fue por eso. Fue porque vos... —dijo ella, con la cabeza baja y los ojos inesperadamente lagrimosos — Vos sos un imbécil.

Hay verdades irreprochables. Tenía razón, y tanta que la sensación de pérdida total, de horror difuso, se apoderó nuevamente de mí. Comprendí que lo único que me unía a ella eran los problemas que podía llegar a causarle. Lo mejor era que volviéramos a estar otros dos años sin vernos. Era triste todo aquello, en realidad, así que decidí despedirme. Le dije adiós, le di un beso en la frente (el que aceptó mientras sonreía con una tristeza alarmante) y también le manifesté mis deseos más sinceros de que tuviera mucha suerte en la vida.

—Adiós y hasta siempre, bonita.

Entonces abrí los ojos. En la catedral la misa había comenzado. Todos cantaban al unísono, mientras sostenían sus crucifijos, la canción *Heaven knows I'm miserable now*, o al menos eso creí escuchar. Luego salí del lugar y varias cuadras después estaba de nuevo a las puertas del NoName, presa de unas mustias ganas de llorar.

—Pensé que ya no volvías —me dijo Sofía, quien seleccionaba canciones en la rocola. —¿Qué pasó? Te ves mal...

—No pasa nada —le dije, y escuché cómo la canción *The Model* de Kraftwerk nacía de los altavoces, haciéndome recuperar un poco el ánimo.

—¿Seguro?

—Seguro. Bueno, no sé —le dije. —Pasa que la imaginación es un viaje dañinamente real.

Hice números. Luego de pagar el rapidito y la caguama, me sobraban cuatro lempiras. Por suerte, la soledad te vuelve un charlatán. Decidí jugar con las cartas que me tocaron. Le dije a Sofía que me resultaba una chica espléndida y que, de no ser porque sólo cargaba cuatro míseros pesos, la invitaría a comer una ensalada orgánica (como si las otras fueran de plástico) y luego de hacer la digestión a una juerga prosopopéyica.

Bebió de la botella y sus palabras olían a cerveza.

—No te preocupés. ¿Me dejás invitarte?

—No lo sé, qué pena; no me gusta la ensalada.

Ella acarició su cachete de una forma curiosa, muy despacio, y sin dejar de sonreír le pidió a Víctor dos Imperiales.

Desde ese instante Sofía no paró de hablar. Hablaba y hablaba como si cada anécdota fuese una espina que llevaba mucho tiempo a bordo de su lengua. Y no solo eso: necesitaba demasiadas palabras para la misma historia. Fue así cómo supe que era sampedrana y periodista y que estaba loca por Tom Hardy. Yo sonreía mientras la escuchaba, sobre todo porque me hizo recordar lo que nos solía repetir la profesora Fátima en el colegio a los reventados: «Estudien, muchachos, o van a acabar de periodistas.» Por otro lado, la voz de Sofía era muy cálida y muy bella, tenía un timbre especial que me traía recuerdos de algo que no sabía muy bien qué era, pero me hacía sentir cómodo y contento. Entonces le dije, interrumpiéndola, que conocía un lugar donde la cerveza era mucho más barata y que, además, le haría bien conocer un poco la ciudad. Aquello le pareció. No desconfiaba de mí porque yo era yo (todavía no le preguntaba cómo sabía quién era yo). Pagó la cuenta y se colgó la cartera. Voy a ser honesto: miré su culo con notable grosería, pues era muy bonito. Y poco habíamos avanzado al salir del NoName cuando nos emboscó un señor casi en harapos ofreciéndonos la lotería. Ambos nos rehusamos con la cabeza. Le conté a Sofía, mientras andábamos, que me resultaba curioso que justamente las personas más jodidas te prometieran la fortuna a punta de lotería.

—He visto ciegos, cojos, jorobados que venden lotería, como si se hubieran jodido para que vos ganés.

Poco después, y de no ser por ella, casi pisamos un vómito que a cada que lo veía se volvía más bilioso.

—¿Por qué todo lo líquido que se derrama tiene una forma, y nunca igual a otra? La que no se parece a Alaska se parece al mapa de Australia. Lo mismo pasa con las manchas —dijo Sofía.

¿Qué estaba sucediendo? Consideré que Sofía no era sino una persona ingenua y ahora salía con eso. Algo no estaba bien, algo ocultaba tras esa fachada de iletrada. Me dediqué al asunto y pensé que el pintor quizá pinta contra de esas manchas, pero me quedé callado.

—¿Será que el pintor pinta en contra de esas manchas? —soltó.

¿Acababa Sofía de leer mi mente? Que dijera lo que pensé me dejó literal y mentalmente descoyuntado, con la cara partida: por un lado, había sólo susto; por el otro una forma, una silueta sin geografía.

¿Acaso no era una pequeña mancha de mostaza la que miraba embelesado Walter White en la gabacha del doctor mientras éste le decía que tenía un inoperable cáncer de pulmón?

Camino al bar, la conversación avanzó por rutas inesperadas. Sofía me aseguró que adoraba a Bolaño, pero daba la impresión de haberlo leído muy mal, si es que lo había leído. Parecía un tanto pedante y sobre todo esnob. Yo me explayé expresándole algunas de mis impresiones sobre *Los detectives salvajes*, y ella me interrumpió varias veces. Al decir sus observaciones, nos quedamos en silencio, embobados por unos segundos.

Sofía me recordaba a una actriz, no sabía si de Hollywood, pero no recordaba a cuál.

Fue entonces cuando le sugerí que viéramos la vida pasar desde el diminuto parque Finlay. Le pareció y al llegar me senté en uno de los bancos de cemento; ella permaneció de pie, con la vista hacia el ir y venir de los autos. Luego se volteó y me miró de arriba abajo, como si hubiera llegado el momento de analizar mi aspecto y mi manera de vestir. Estuvo unos segundos examinándome; parecía reprocharme algo, pero no sabía qué podía ser.

—Si las mujeres supieran aburrirse, podrían llegar a convertirse en hombres —dijo.

Al hilo de lo que me había dicho, le hablé del aburrimiento, y luego le pregunté si realmente creía que los hombres se aburrían y las mujeres no.

—Esperá —dijo. —Antes de contestar, debería saber adónde vamos, adónde querés llevarme.

—El bar se llama Jocy. Es un lugar emblemático. Para llegar hay que caminar unas cuadras. Quizá no sea de tu agrado. Si te sentís incómoda de una nos largamos.

—*Ok* —dijo poco después y continuamos avanzando. Entonces reparé en que caminaba con demasiada ansiedad, a diferencia de ella, y bajé la velocidad de mis pasos.

Sofía y yo apenas hablamos durante el trayecto; tenía la impresión de que ella desconfiaba enormemente de mí, y no era para menos, pues estábamos en Gótica. Me pareció también que Sofía estaba algo loca. De una forma exclusivamente provisional, llegué a la conclusión de que su locura era ante todo ambigua; a veces real y otras veces muy fingida. También recordé que a Robert Walser le bastaba caminar entre el gentío para ser feliz, le parecía tremendamente placentero. Me llegó además a la memoria el recuerdo de mis días en el Instituto Central, donde un día tomé en secreto la decisión de no prepararme para entrar en el mundo, sino para salir de él sin ser notado.

Ya en esos días del colegio era consciente de que en las aulas nos dedicábamos al simulacro de estudiar cuando en realidad no había nada que aprender. Me gustaba mi colegio porque tenía la impresión de que, con aquellos profesores tan primitivos y necios, en lugar de formar la personalidad (como se dice en la jerga pedagógica), la deshacían, la disociaban. Durante años fui fiel a mi manera de pensar y me moví con calculada perfección hacia el país de los Ceros a la Izquierda.

Pensativos y silenciosos llegamos al Jocy, donde curiosamente apenas había clientes. Nos atendió una camarera gruesa y bajita. Nos añadimos a la barra. Sofía pidió las cervezas, me miró entre extrañada y divertida y dijo:

—¿Qué es Bruno Díaz?

Quise preguntarle por qué salía con eso cuando añadió:

—¡Me trajiste a un lugar igual de caluroso que San Pedro Sula!

Entendí que me instaba a seguir callado, que estaba a punto de soltar un discurso o perorata.

—¿Por qué te interesa tanto publicar microtextos en tu Facebook? —continuó.

—¿Microtextos? —pregunté, y pensé en Robert Walser, quien, al entrar en el primero de sus dos manicomios, el de Waldau, produjo lo que posteriormente se conoció como microgramas, textos escritos a lápiz en letra minúscula (cada vez más minúscula) no solo sobre hojas en blanco sino también sobre recibos, telegramas y otros papeles por el estilo. —No sé si me interesa. Me cuento a mí mismo lo que me viene ocurriendo desde hace unos años. Eso es todo. En cuanto a tu primera pregunta, no sé qué putas es Bruno Díaz.

Enarcó una ceja y sonrió enigmáticamente, luego me dijo que le gustaban mis microtextos, los que (según ella) ponía yo en marcha como si se tratara de un paseo errático en el que, en cualquier momento, si se me apetecía, podía irme por las ramas, pues a fin de cuentas no sabía en ningún momento adónde me dirigía, suponiendo que fuera a alguna parte.

Le sonreí con mucho brillo. Aquello que soltó se parecía a las arduas rumias mías sobre lo que yo escribía. Poco después le pregunté si había leído a Walser y me miró con expresión de no enterarse de nada, hasta que por fin reaccionó y dijo que ni una sola línea conocía de ese autor, pero que había oído hablar de su ridículo entusiasmo por desaparecer.

La escena era a cada minuto más sorpresiva. Apuré la cerveza, era la tercera que tomaba y comenzaba a tener hambre.

—Creo que lo que escribís carece de argumento. Revestís muy bien la falta de argumento. Hay mucho mérito en eso —dijo. —A todo esto... ¿no tenés hambre?

Me quedé desarbolado. Cruzó por mi mente una idea fría, mucho más fría que la anterior. Se lo dije literalmente así a Sofía:

—En estos precisos instantes se está paseando por mi cerebro una idea fría.

—¿Cuál? —me dijo, y yo hice caso omiso, sonriente, y le sugerí que olvidara el asunto.

A Sofía se le veía impresionada y alegre. Yo también me sentía contento. Con cada minuto creía ir viendo con claridad que Sofía era la persona ideal para que me olvidara del día en el que estábamos y también para que empezara por fin a olvidarme de mi pasado, para que empezara finalmente a cambiar mi vida. La vida verdadera requería, de una vez por todas, un cambio. Por otro lado, Sofía me recordaba que siempre había querido ser un discreto hombre de letras no ligado a las pompas solemnes, a esa marabunta de escritores de poses presuntuosas y autolikes, personas que escriben con la finalidad de ser fotografiadas. Y entonces me di cuenta de lo felizmente oportuna que había sido mi decisión de desaparecer; sin embargo, tenía la impresión de que aún me faltaba mucho para moverme en las regiones indetectables con la admirable soltura con la que lo hacía Walser.

—A Godard le gustaba entrar en las salas de cine sin saber en qué momento había empezado la película —le dije. —Entrar al azar en cualquier secuencia e irse antes de que la película hubiera terminado. Seguramente Godard no creía en los argumentos. No tenía nada claro que cualquier fragmento de nuestra vida fuera precisamente una historia cerrada, con un argumento, con principio y con final. Parece que, cuando el escritor escribe, fuerza el destino hacia objetivos determinados. La literatura consiste en dar a la trama de la vida una lógica que no tiene. A mí me parece que la vida no tiene trama, se la pone quien inventa la literatura. Quien lee lo que vos catalogás como microtextos, sufre la impresión de que ha entrado en la sala con la película comenzada. Además, no creo que la vida sea un tejido continuo, al menos no literariamente. Creo que una narración puede empezar en un momento cualquiera, por la mitad de un diálogo, por ejemplo, o diciendo en la primera línea que sos un fracasado. Leer lo que yo escribo es adentrarse en un texto al que siempre le faltará la primera página. Y quizá también la última. ¿Realmente creés que los hombres se aburren y las mujeres no? ¿De dónde me conocés? ¿Nos hemos visto antes? ¿Cómo es posible que también te guste la música de Kraftwerk?

Vivir en la derrota, me ha sentado perfecto. No, no lo digo con ironía. He vivido engullido entre la desolación y la tristeza, respirado plenamente mi personal y sagrado reino del arte. Cierta energía se ha venido acumulando en mí, y habría que añadir que probablemente se trate de la felicidad de no ser nadie y al mismo tiempo ser alguien que escribe. También he llegado a otra conclusión, y es que el dolor más intenso que sufro no es la infelicidad, sino la incapacidad de tender hacia la felicidad.

Me parece una insoportable obscenidad ser feliz.

Soy una persona distinta, eso está claro, y sobre todo porque me siento fantásticamente bien sintiéndome un inadaptado incluso con dudas acerca de mi propia inadaptación. En todo ello pensaba de regreso al NoName. Sofía prometió atender a mis preguntas, pero luego de salir de cierta conferencia a la que debía asistir forzosamente y por la que, de hecho, estaba en la ciudad, y además de añadir que se hospedaba en el hotel Gutenberg y que apenas tenía planes para el resto del fin de semana, buscó en su monedero y me atropelló con cien lempiras a fin de que yo almorzara.

—¿Te parece si nos vemos en el bar donde te encontré, entre las 9:30 y 10:00 pm? Se supone que la conferencia de hoy termina a las 9:00.

Avergonzado asentí y miré al suelo, donde había una mancha quizá de salsa picante. Y justo así me sentía, como una mancha. Sí, Bruno Díaz era una mancha en la vida de muchas personas. ¿Pero quién no es, de vez en cuando, una mancha en la vida de alguien?

No insistí con las preguntas porque me quedé pensando en que ni siquiera sabía que era viernes y sobre todo en que Sofía, después de mucho tiempo, era la primera persona que tenía el detalle de fijarse en mí y, por tanto, dar fe de algo que me venía jodiendo, dar fe de mi existencia. Y es que ya decía Beckett que ser no es otra cosa que ser percibido.

Tampoco el arte existe en soledad.

Enemigo de hablar en público, prefiero siempre expresarme con las manos. Así que tomé la mano de Sofía y quise decirle (temiendo a que supiera tan solo una pequeña fracción) que arrojara por la borda todo mi insensato y nada interesante pasado, que de nada de lo que le hubiesen dicho sobre mí estaba orgulloso, ni de una pizca siquiera, pero no dije nada. Nos miramos y nos despedimos en silencio, el que ella interrumpió, ya dentro del auto, asomando el rostro por la ventilla y diciendo, con los ojos nuevamente ajaponesados:

—Espero que estés en el bar cuando llegue, Bruno. Hablo muy en serio...

Sonreí, pero tuve la impresión de que Sofía iba llorando dentro del taxi, experimentando una indescifrable lástima por mí. Ya me había dado de bruces con un escenario similar. También me dolía la cabeza; era consciente de que mis ideas andaban todas metidas en el soberbio culo de una gran confusión. Y no sé cómo ni por qué, pero recordé nítidamente un proverbio suizo que leí quien sabe dónde: «La desdicha y la dicha, sobrellévalas, que las dos pasarán, igual que has de pasar tú.» Luego avancé hacia el NoName y ya no pensé en nada. Pero es que en nada. En nada de nada, se los juro. Desaparecí, con grandísima facilidad, por las mugrosas y desteñidas calles de Gótica.

Hasta donde hoy puedo recordar, me encontraba, al salir del Jocy, en un estado de melancolía y desquiciada ansiedad. Y me quedaban restos de un dolor de cabeza que poco antes había alcanzado su más alta intensidad. Entonces pensé en Sofía, en que escribir es una forma de hablar sin que te interrumpan, pero es, además, una actividad más complicada de lo que parece porque uno tiene que estar todo el rato demostrando su talento a gente que carece de él. También pensé que, si uno no sirve para la novela, debe retirarse al relato corto o el poemita.

Se necesitan agallas y talento para escribir una novela.

Pensé de nuevo en Walser, en su casi permanente estado de sonambulismo, pensé en la belleza de la palabra *baluarte* e imaginé baluartes voladores que me llevaban al vientre de la luna, pensé que, a la hora de escribir, por ejemplo, escribo siempre algo distinto de lo que había pensado (que, por cierto, no es exactamente lo que iba a pensar), y, en fin, lo que acabo transcribiendo en el papel es algo diferente a lo que tenía en mente; pensé que emborracharme con tanta ferocidad me estaba volviendo loco, pensé en las palabras de Paul Valéry: «Lo que no es extraño, es invisible», pensé que yo sólo debía de ser extraño porque para ser invisible me faltaba mucho; pensé de nuevo en Sofía, en su belleza, pensé que la belleza puede llevarte a la desolación y vaya que sí porque, mientras avanzaba por las calles hacia el NoName, comenzó a llover y consideré que no había nada más bello que pensar en Sofía bajo la lluvia mientras atravesaba su belleza la belleza sonámbula de Walser, entonces la lluvia cayó a baldes, con una fuerza inaudita, así que tuve que plantarme tras una cortina de agua frente al punto de taxis que llevan a la Cerro Grande, y con un apelmazado deje de admiración miré a una señora que cargaba bolsas de supermercado, la que hundió su mirada en mi rostro y yo hundí de nuevo mi pensamiento en la mancha quizá de salsa picante que vi en el mugroso suelo del Jocy y luego pensé nuevamente en Sofía y concluí de golpe que ella, acaso sin quererlo y en tan poco, había incinerado los rostros de otras mujeres que me resultaban bellísimas, por ejemplo el de Rebeca. Que Sofía pulverizara la silueta de Rebeca no era poca cosa. También comencé a habituarme a la idea de que yo era un casi perfecto hombre invisible, y también un desdichado. Tenía, eso sí, la compañía de mi imaginación, que sólo me servía para ser el escritor oculto que tan satisfecho estaba de ser.

Quise creer que semejante asociación de ideas era, simple y llanamente, producto del hambre, la exigüidad de los ansiolíticos y la fuerte resaca. También pensé que ya me había convertido en un perfecto candidato para ser olvidado en un psiquiátrico. La verdad es que no tenía a nadie en este mundo que me comprendiera. Eso es pavorosamente trágico. Que no tuviera a nadie en este mundo que me comprendiera provocó en mí unas enormes ganas de reír y así al menos sentirme acompañado por la risa propia. Está el consuelo, eso sí, de saber que en realidad la soledad es la manera más pura de comunicarse. Me dije que no era mi locura tan noble como la de Hölderlin o como la de Walser, pero no podía esconder que no estuviera algo despeinado por el viento de la idiotez.

El cese de la lluvia me pareció un discurso académico recién acabado, así que me sentí como un recién graduado en melancolía y fracaso. Lancé imaginariamente el birrete al aire y aceleré mis pasos hacia el No-Name, luego pensé que, casi la totalidad de mis compatriotas, incluyéndome, están sentenciados, condenados, destinados a no acceder nunca al aire puro de las montañas suizas por las que paseaba Walser. Pensé además que la vida no era si no dar vueltas alrededor de la emoción, fuera la que fuera. Una eterna repetición. Sí, la vida era una repetición que comenzaba a parecerme insoportable. Levantarse, vestirse, comer, escribir, cagar, desvestirse, acostarse. Todo me lo sabía de memoria, hasta la locura. ¿Cuántas veces, por ejemplo, había visto llover en mi vida? Prontamente me deprimí, me sentí horrorosamente menoscabado. Por suerte, recordé que la inteligencia es el arte de saber hallar un agujero por donde escapar de la situación que nos aprisiona.

La vida es como un buen poema, pensé, corre siempre el riesgo de carecer de sentido, pero nada sería sin ese riesgo.

Seguí avanzando por la calle, admirando la belleza urbana, y cuando menos lo esperé estaba a las puertas del NoName, donde frente al umbral me emboscó el fornido olor a pollo frito y la canción *Love will tear us apart*.

Dar círculos alrededor de uno mismo requiere un *soundtrack*, al parecer, y ese no estaba nada, pero nada mal. Pese a ello, habría preferido chamuscar mis sienes en una hoguera de jazz. Y a punto estaba de entrar al NoName cuando una joven, al otro lado de la calle, dio un grito repentino mientras hablaba por el móvil y rompió en un llanto que la hizo doblegarse y caer de rodillas sobre suelo, desolada, desesperada. Supuse que todo aquello se trataba de la muerte de un ser querido. Me quedé de piedra; esa fue mi fría y única reacción. Otras personas que pasaron por ahí, de a poco, le ayudaron a recuperarse.

Así que esa es la verdadera realidad, pensé. Aquello me hizo ver que la transeúnte estaba en la vida y tenía sentimientos y yo estaba como ella en la misma vida, pero con menor capacidad de sentir, de sentir de verdad. Posiblemente solo sabía sentir con la imaginación. Fue entonces cuando sospeché que, pese a que trataba siempre de escribir con una pericia admirable sobre la vida, no sabía nada acerca de ella. No era más que un falso conocedor de la vida, un narrador de mediana estofa, sí, pero también un fantoche y gran tarado, un insensible majadero cósmico. En todo caso, no me consideraba parte de esos escritores y poetas-selfis de buena conducta, felices y de rodillas impolutas, sin ningún raspón. Siempre me consideré de los buenos escritores, de los que andan dándole vueltas a la descripción que dejaron interrumpida justo antes de salir de casa, de los que se despellejan frente a la página en blanco.

Quizás solo sé sentir con la imaginación, me repetí mientras caía en el NoName y buscaba con la mirada a Tenoch, pues supuse que él seleccionó la canción de Joy Division en la rocola, y no me equivoqué. Ahí estaba, en una de las metálicas y verdes sillas, y junto a él estaban Oto y Joaquín. Caminé hacia ellos cuando un muchacho, que llevaba puesta una camisa muy infantil, me ofreció cigarrillos. Lo rechacé con la cabeza mientras miraba fijamente el indio sioux serigrafiado en su camisa e incluso imaginé que aquel rostro abiótico me decía, tratándome de usted y con el tono de voz análogo al de Ian McKellen: «¿No encuentra sórdida y mezquina la vida que lleva aquí?»

Experimenté un momentáneo ataque de angustia, lo recuerdo muy bien. Aquello fue como un gancho de izquierda inesperado que se sumó a la trifulca de sensaciones y opiniones sobre mí con las que me vapuleaba; sin embargo, decidí reponerme de lo que pensaba concentrándome en pensar que nada tenía importancia en este mundo, y mucho menos lo que yo pensaba.

Y si me acerqué a la mesa presa de una absurda displicencia se debía, bien a secas, al trajín cerebral que me asediaba. Pensar mucho lo complica todo. Seguramente Dios está cerquita de quienes no piensan. Incluso llegué a pensar que yo apenas escribo, o lo hago muy de vez en cuando. Me dedico más bien a la elaboración de pensamientos, lo que poco contribuye a serenar mi tristeza. Y vaya que la triste musarañera divagación en mi cerebro se volvió aún más mohína cuando, mientras me acomodaba en la silla, Oto soltó a modo de saludo y mientras encendía un cigarrillo:

—Ya hacía falta ver al inventor de la melancolía moderna en este sitio.

Me agradó lo que dijo, pero no del todo, así que casi de inmediato le dije, algo cabreado:

—Estás de buen humor. Seguro ya asumiste tu homosexualidad.

Creo que lo noqueé, porque guardó un silencio en el que los demás sembraron sus risotadas. Le pedí un cigarrillo para hacer las paces y pensé, omitiendo todo a mi alrededor, que no debía sentirme molesto por ser un mar de dudas. Estaba más perdido que una cabra, sí, pero eso no tenía por qué sentirlo como perjudicial. A fin de cuentas, Walser vivía en un permanente y envidiable estado de desdicha, así que me felicité por ir acercándome, en absoluta libertad, a ese estado tan anhelado.

—¿Cómo vas? —me dijo Tenoch, interrumpiéndome y con su típica seriedad, y le miré fijamente y le respondí, no rumiando para nada su pregunta si no más bien asintiendo mentalmente a esa teoría de que el cigarrillo merma el hambre.

—Pues no sé, pero he llegado a pensar que soy una invención tuya y vos una mía.

—Explicate —dijo Joaco, que sorbía la cerveza.

—Es simple —les dije, —no requiere mucha lógica: los otros, los demás, nos obligan siempre a ser como ellos nos ven o como quieren vernos.

—¿Lo decís porque te pregunté cómo has estado, porque suponés que yo supuse que no estás bien? —dijo Tenoch, y lo miré nuevamente y pasé de pensar en el cigarrillo y sus humos ansiolíticos a confirmar que, como lo sospechaba, Tenoch era una persona muy aguda y, tal como ya sabía, enormemente sensata, lo cual siempre viene bien en una ciudad como Gótica, donde el viento de la locura hace espectaculares estragos.

—Claro que sí. La presencia, la compañía de los otros es perniciosa, reprime la plena libertad de la que deberíamos disponer para construirnos una personalidad adecuada a nuestra forma de vernos tal cual somos.

—Estoy de acuerdo —dijo Joaco.

Oto, por su parte, se limitó a asentir, para luego cambiar de tema diciendo que recién esa misma tarde encontró en un pulguero el libro *Heroísmo sin alegría* de Pablo de Rokha y nos leyó parte de un poema en prosa: «Yo canto, canto sin querer, irremediablemente, fatalmente, al azar de los sucesos, como quien come, bebe o anda y porque sí. Moriría si no cantase, moriría si no cantase... ¡He ahí lo único que sabes, Pablo de Rokha!»

Consumado el minúsculo recital, ellos pasaron a hablar de Rokha y de lo maravillosa que era la poesía chilena mientras yo seguía nalgueando los ecos de lo que acababa de escuchar, pues, al igual que Rokha, siempre me gustó escribir por el mero hecho de escribir. También pensé que tal vez me encontraba otra vez ante una señal misteriosa, una señal que me daba la oportunidad de ser nuevamente el dueño de mi vida o, por el contrario, buscaba reforzar mi destino con los naipes marcados: llevar la vida de un don nadie sin nadie que pese a todo escribe porque sí, con la mente en un estado de puro caos, ocupado sólidamente en no hacer nada, en ser un fantasma de mí mismo enredado entre la luz y la sombra, un fantasma dedicado a la amateur y laboriosa tarea de escribir hasta convertirme en un magnífico cero a la izquierda, redondo como una bola.

Emergí de mis pensamientos y vi cómo Oto botaba un poco de cerveza por la comisura, mojando su camiseta. Eso me molestó un poco, pues noté que Oto estaba usurpando mi torpeza, mis habituales descuidos, pero luego escapé de la molestia al pensar que ser lo que creemos ser es una de las formas de la felicidad. Comencé a sentirme alegre solo porque sí. Recordé también los cien lempiras que me dio Sofía para que almorzara, así que me levanté de la silla y fui a la barra mientras chorreaba humo, muy decidido a gastarlos en cerveza.

Sí, solo porque sí.

Soy una persona ingenua que se cree muy inteligente y, sobre todo, soy un egoísta. Eso debí responderle a Sofía cuando en el Jocy me preguntó, entre curiosa y juguetona, qué es Bruno Díaz. Por otro lado, me di cuenta de que llevaba una buena suma de días sin escribir, muy dedicado a la juerga, así que, metido en aquel despilfarro de gestos y latas filosóficas, empecé a aburrirme, que era lo peor que me podía pasar. ¿Y si no había nada que comprender y eso era todo, o casi todo, y así estaba bien? También experimenté unas espléndidas ganas de escribir. Escribir era para mí lo más equivalente a descansar. Además, pensé en dedicarle todo lo escrito a Sofía, fuese lo que fuese. Escribir un texto con la responsabilidad de quien escribe para ser leído, aunque no me dirigiera en él ni a ella ni a nadie más que a mí mismo. También comencé a sentir, como me ocurre a cada tanto, la necesidad de no mezclarme con nadie, no estar para nadie. Me gusta sentirme así, me encanta experimentar esa sensación extrema de notar que, cuando estoy solo, no estoy.

Quería simplemente disfrutar a solas de mi cerveza y de la ridícula canción de los Broncos que se metía impiadosa incluso en los rincones más inubicables del NoName, y así meditar bien a gusto sobre la eternidad, los regates de Messi, las películas de Sorrentino y demás, pero no, estaba ahí, rodeado de personas que parloteaban sin cesar y quizá con la finalidad de que su espíritu se anide en los demás, de volverse personas difíciles de olvidar. ¿Y si ocurría lo contrario y los olvidaba, después de sorber mi cerveza, con asombrosa facilidad?

Abúlico me dediqué a respirar en silencio el aire viciado de mi bien estructurada y bella desdicha. Después de todo (en ese instante comencé a verlo con claridad) mi vida no había sido más que una caída, el clásico viaje interior en uno mismo, una excursión hacia el fin de todo, la negativa absoluta de ser como los demás. Incluso llegué a sentirme como Scott Fitzgerald, que no sabía si tenía una existencia real o era el personaje de una de sus novelas.

Soy un perdedor, fracasado, nostálgico, alcohólico, un derrochador de su inmenso talento; soy un *Defectus*, palabra proveniente del latín que significa *Carente*. Carezco de mí mismo. Eso también debí decirle a Sofía; decirle que todo se debe a que nací en una época en la que los dioses estaban podridos. Y aunque no de forma demente, mi personalidad está bastante rota. Todo un lamento arraigado a la incomprensión. Tampoco me considero una persona torpe, de hecho, me considero el vertedero de una inteligencia de primera categoría, ya que puedo mantener dos ideas opuestas en la mente y, a la vez, conservar la capacidad de funcionar, es decir, puedo pensar, caminar y masticar chicle a la vez. También poseo un sentido del humor muy afinado, y siempre he asociado el buen humor con la estupidez. ¿Qué mejor ejemplo de inestabilidad? ¿No fue Bernard Shaw quien declaró que toda labor intelectual es humorística? En fin... Soy una persona que puede pasar de la más extrema exaltación al más profundo de los abismos en cuestión de momentos, y muy capaz de pasar ágilmente de un pensamiento a otro, y ese momento sirve de ejemplo, pues quien sabe por qué, pero acabé pensando en mis hermanos, en Felisberto y Arturo.

Somos muy parecidos los tres, pero siempre me he distinguido de ellos gracias a mi empeño idiota de hacer de mi vida una pendejada literaria.

Ambos son padres, así que soy tío. Pensarme como tío, pese a que apenas tengo veintisiete años, hace que de algún modo me sienta añejo. Pero no es grave. Lo más sensato que un hombre puede hacer en la vida es aceptar que ha llegado la hora del descenso y dedicarse noblemente a envejecer.

Soy el más joven de los Díaz, de nuestro núcleo. Felisberto es mayor que yo diez años, y Arturo siete, así que en casa siempre fui una pequeña y tímida y frágil silueta, la sombra más apocada de los Díaz. Físicamente soy un poco más alto que ambos, pero quizá más lábil interiormente. Y ahora que pienso en el asunto, desde muy pequeño mis noches fueron pobladas de pavorosas alucinaciones y pesadillas, un tumulto interior que se ha venido acumulando dentro mío hasta hoy, disimulado por mi timidez. El alcohol, ahora que despliego el asunto, no ha sido más que una complicadísima evasión, una cobarde salida a mis auténticos problemas interiores.

Beber es maravilloso, me dije ahí en la mesa del No-Name y mientras saboreaba la cerveza, y de inmediato me refuté: No. No lo es. Es lo justo.

De pronto reconocí, desde sus primeros acordes, la versión *High and Dry* de Jorge Drexler y pensé en Sofía, en dedicársela, en decirle del modo más sorpresivo y en un tono marcadamente patético: «¿Podrías ayudarme a reducir el vacío que hay en mí?» Luego pensé en que escribir es la forma que encontré para disimular mi infinita ignorancia. Pensé en que escribir es un fraude en realidad, una forma de ganarse la simpatía del mundo, especialmente de las mujeres. Luego estampé los ojos en la entrada del NoName como si fuera yo un inmenso zócalo de curiosidad, y fue entonces cuando experimenté un momento único; sí, un momento único. Sentí lo que habían sentido otros muchos antes que yo a través de los tiempos: sentí que no era original, que todo mi sufrimiento no era más que una copia.

—Ayer terminé de leer *Confesiones de un inglés comedor de opio* de Thomas de Quincey. Un libro completo —le escuché decir a Oto, lo que interrumpió mis pensamientos-copia, entonces le dije, a fin de desorbitarlo:

—No dejan de sorprenderme las personas como vos, que van diciendo por ahí que han terminado de leer una novela, porque hay que ser bastante ingenuo para creer que abundan los libros completos.

Oto me miró con una ceja alzada, lo sé, aunque no lo vi, pues continué mirando como si fuese un inmenso zócalo de curiosidad la entrada del NoName, luego, a causa de mi excesiva imaginación, pasé a verme en un estudio de grabación y donde le enseñaba un acorde desconocido para el oído humano a Noel Gallagher (esta es otra reflexión de vital relevancia: en ocasiones, la imaginación se me va de las manos; nunca he sabido apretar el cinturón a mis fantasías desbocadas), pero pronto olvidé el acento inglés de Noel, su cara de asombro, y volví a sentirme una copia, volví a afrontar el desencanto y las limitaciones de lo racional.

A pesar del ruido, de la cháchara a mi alrededor, me sentía a solas conmigo mismo. Como un soldado de esa batalla perdida que era ya mi vida. *All work and no play makes Jack a dull boy...*, pronuncié mientras continuaba mirando la entrada del NoName y recordaba la escena de *The Shining* en la que su mujer descubre que Jack Torrance ha tecleado en cientos de hojas esa misma frase.

—¿Qué decís? —dijo Oto, quien por alguna razón atendió en medio de aquel saturnal a lo que apenas susurré.

—Mi admiración por las mujeres bien leídas nunca decaerá —le dije.

—¿Qué?

—Nada. Que parar el tiempo es cosa de Quincey.

Fue entonces cuando, en las tripas del NoName, avasallado por la sensación de ser a secas una copia y en todos los sentidos, pensé que el hombre verdaderamente libre es el que sabe rechazar una invitación cualquiera sin dar excusas, y en ello cavilaba cuando de golpe Oto volvió a la carga.

—¿Entonces has leído a Quincey? A ver, resumí alguna de sus novelas...

—Las buenas novelas son irresumibles —le dije mientras sospechaba que mi réplica ya la había dicho alguien más, que también era una copia, pero sobre todo porque en mi vida había leído al susodicho. Recordé además que Borges dijo, en una entrevista, que hasta el aire que respiramos es robado.

En ese momento quise alejarme del ruido, llamar con mi cara de derrota al portón del tiempo perdido. Maldito NoName, lugar extraordinario: algo intermedio entre una taberna y un lugar de encuentro, sitio donde nunca vi a un escritor de poblada barba castaña, sitio para los escritores lampiños, de voces símiles a gaviotas en ayuno. Es impresionante cómo me fui sintiendo tan a gusto entre tanto escaso raciocinio, entre célebres hípsters que a veces fondeaban, a causa de la pedera, en el suelo o donde fuese mientras eran presa de zancudos y moscones.

NoName, sitio fantasmal, paisaje pedregoso y melancólico y donde, luego de varios minutos de estar ahí, la cordura y la sobriedad se desprendían de sus feligreses justo como las palomas (que pernoctaban en las vigas del techado) se desprendían de su mierda. Y súbitamente pensé en que Rebeca, en varias ocasiones, derrumbó sus pasos en ese sitio, y luego pasé a recordar, con la máxima precisión, incluso los menores detalles de su voz. Recordé a Rebeca de forma tan nítida que era como si hubiera estado siempre a mi lado, y a medida la recordaba me entraban más ganas de correr hacia la puerta de su casa. Tomé la cerveza con mucha sed, al estilo *Far West*, y salí del NoName sin dar explicaciones, andando despacio, y decidí entrar a Turicentro, el bar contiguo, y me detuve frente a la barra, donde un hombre de baja estatura y de aspecto aborigen me preguntó muy educadamente si podía hablar conmigo un momento. Pensé que quería pedirme dinero y me molestó que me hubiera hecho perder la concentración en Rebeca.

—¿Usted a qué se dedica? —me preguntó.

—Soy escritor —le dije, sin saber por qué le dije aquello.

—Mire, qué bueno. ¿Y qué escribe, exactamente?

—Pues no lo sé, pero si me lee, usted va a reír como loco y no va a parar de aplaudir. Es más, cuando publique voy a añadir al libro un inhalador, por si el lector pierde el aliento.

Me miró extrañado.

—Sabe —añadí poco después. —Quiero cambiar mi vida. Estoy cansado de gobernar mis acciones y prefiero que alguien lo haga por mí.

—Como la literatura —me dijo el hombre luego de sorber su cerveza. —El escritor escribe la historia, pero es el personaje quien la vive.

Pasé a verlo con extrañeza y lo catalogué de perspicaz. También pensé en desahogarme y contarle toda mi historia con Rebeca, pero, por supuesto, consideré innecesario todo aquello. Lo que sí estaba cada vez más claro en mi cabeza, o más bien parecía confirmarse, era que todo entre Rebeca y yo se acabó por una sencilla razón: yo demostré ser un cerdo. Además, en aquel instante me asaltó la breve y categórica frase de Stendhal: *Acuérdate de desconfiar*.

Qué mal antojo este que sufro de vivir encaramado en el pasado. Y en la sandez. Y creo que la facultad de encharcarme en la sandez es al linaje de mi padre a quien se la debo.

En aquel momento decidí vagabundear por las calles de Gótica, sin brújula y mientras mi cerebro era presa de otro vagabundeo: uno literario.

Jamás lo sospeché, pero acabé convirtiéndome en una sombra ambulante cuyas ideas saltaban siempre de un escritor a otro, de una cita literaria a otra. Y las calles, ese otro adoquinado, pese a que eran las mismas, parecían distintas a cada paso. Era como perderse en un laberinto trillado y distinto que inventaban las lecturas y los recuerdos. El cine Clamer, por el que pasaba en ese momento, hoy en día no es más que un vulgar basurero. Un cine que antes recibía a un público alegre que acudía a las funciones pese a los severos chubasqueros. Yo jamás asistí a una de sus funciones, pero siempre que pasaba frente al Clamer sentía la necesidad de escribirle una carta a Godard y exhibir en ella que a Rebeca le gusta hacer figuritas de fomi y paspartú. Y así vagaba por la infeliz Gótica, una ciudad nada propensa a los cambios y tan ridícula que uno de sus ídolos es un político de mostacho y sombrero; no como Lisboa, que además de insatisfecha tiene por héroe a un escritor, un andariego llamado Fernando Pessoa.

Andando de un lado a otro, preso de mis vagabundeos, se fue derrumbando la ciudad sobre mis pasos y se fueron cansando, como dijo Borges, los dos o tres colores de la tarde. Ya todo se había convertido en una aguda noche de alcohol, una enésima noche de alcohol con la que trataba de huir de mi soledad. ¿Cuántos años perdí recorriendo bares para así ahorrarme el suicidio o bien para poner un etílico esparadrapo a mi terrible soledad, a mi derrumbamiento? ¿Cuántas noches había visto las mismas caras, formar parte de las monótonas, las repetitivas pláticas? ¿No se han percatado, como lectores, que al leer este relato no hacen más que ir tras los pasos de un imbécil?

Entré a un mercadito chino y me compré un cigarrillo, el que fumé *triunfalmente*, apoyado en un poste y mientras seguía el curso del humo y yacía en eufórico éxtasis artístico y en radical alejamiento del sentido común de los demás. Las cosas son un porvenir de polvo, me dije, en tanto me sentía inmerso en una espiral de repugnancia y sinsentido. Reparé además en que estaba algo sudoroso, jadeante y convencido de que todo eso no importaba para nada. La vida es una gran broma, sin ningún sentido. En la vida sólo son felices la ignorancia y la inocencia.

Entonces apareció Oto, quien se dirigía en busca de un paquete de cigarros al mismo mercadito, y entorpeció mis pensamientos.

—Hey, ¿por qué te fuiste? ¿Aquí has estado?

Quien sabe por qué, pero Oto era una persona que se sentía cómodo conmigo y mis rarezas.

—Soy tiempo hoy. Mañana seré nada —le dije mirando al suelo, y arrojé humo.

—Hoy andás más raro de lo habitual —continuó. —¿Estás bien?

—Sí. Solo estoy algo torpe de palabras.

—Oíme —dijo Oto, poco después, luego de golpear la cajetilla y encender un cigarro. —¿Qué me decís del surrealismo?

En ese momento sentí cómo se abrió de pronto el fondo de mi conciencia o, mejor dicho, se perforó más o menos como me sucedía con los calcetines, y por ese agujero entraron mil luces de otro mundo, al que me asomé con terror y entusiasmo, entonces le respondí.

—Podés leer esto y lo otro, pero el surrealismo no es sino una mezcla de drogas duras y romanticismo descabellado.

Oto sonrió y yo también sonreí, sobre todo porque comprendí que la grieta, la fisura, el agujero hijodeputa, la rotura en mi interior había sido desde siempre el escenario cotidiano de mi viaje hacia al fondo del abismo, hacia el fondo de una conciencia literaria que, apresurándose apáticamente, procuraba extenderse hacia más allá del infinito.

Ser normal, ser como los demás, ha sido siempre mi objetivo. Pero también me ha parecido que no deja de ser una pérdida de tiempo tratar de ser normal si después de todo nadie lo es. La verdad es que ya no soportaba a los cuerpos humanos, tan fijos y limitados. Pensé, además, mientras lanzaba bocanadas, en la reproducción humana, en lo arrogante que es obligar a que un alma abandone la nada para ocupar esta carne, traer vida a esta trituradora.

Definitivamente estaba sumergido en las lastimosas categorías de la autocontemplación y de lo que califico como histeria cromática. Como observar todas las salidas sin encontrar ninguna, como si alguien hubiese soldado a mis ojos el sinsentido.

Mi personalidad había adquirido súbitamente algo inconfundiblemente ridículo, sí, de comedia humana absoluta, y añadiendo la cefalalgia que me torturaba desde hacía unos años, mi cerebro sólo era capaz de dar órdenes espantosas a mis manos y pies, arrastrando todo el tiempo el desconcierto y una cierta y despellejada melancolía. Y no había pasado tanto tiempo desde que Sofía se había volatizado y ya la echaba mucho en falta, incluso quería ir en estampida hacia sus brazos. Sí, recién se despidió Sofía viéndome sonriente desde el taxi con los ojos ajaponesados y ya mi existencia era del todo hilachas y jirones, y quizá por ello decidí alcanzar los pasos de Oto hacia el NoName, hacia ese semillero de embrutecimiento y debilidad mental, hacia ese sitio donde, ya sin vender simulacros, ninguno tiene el menor talento y pareciera que no vayan a tenerlo nunca, hacia ese sitio donde la estupidez es en realidad el cordón umbilical que une a los congregados.

La verdad es que en aquel momento estaba angustiado como nunca, con los nervios completamente destrozados por la vida, así que aceleré mis pasos hacia el NoName y al llegar me dirigí de inmediato a la rocola, donde busqué la canción *Angeles* de Elliott Smith, pues es un rasgo típico de mi sensiblería correr hacia una canción a fin de enjaguar mi rostro en ella. Luego volví a la mesa, donde ahora había un par de chicas muy guapas y las que, poco después de que Tenoch me las presentara, me ofrecieron una hierba potentísima (así lo manifestaron), y como soy una persona que se ata fácilmente a la necesidad de humillarse, le di un par de irreligiosos sorbos al purito y segundos después ya me creía Goebbels disparando contra la cultura.

Las chicas se llamaban Alicia y Mariela. La primera era rellenita y muy vulgar. Decía las cosas sin tapujo y, además, por lo que decía, supe que se trataba de una persona esencialmente tonta; quizá por ello no hacía más que imaginarme corriéndome de placer en sus inmensos senos acogedores. Efectos del hachís, tal vez, pero nada me divertía tanto como su frescura imbécil y su infinita vulgaridad. Lastimosamente soy un timorato sumamente raro y un trágico muy apocado, así que no hacía más que asentir a lo que hablaban sin decir nada. El subidón, hay que decirlo, no fue tan potente como rezaron, así que todavía era capaz de contenerme y no decir las típicas fanfarronerías que suele decir un tímido drogado, las que acaban por causar sólo desprecio y malestar entre las mujeres.

—¿A qué te dedicás? —me dijo Mariela de golpe, con aquella voz asaz afable. Y me lo preguntó cuando viajaba en silencio, cuando más embrujado estaba por el hachís.

—A la nostalgia —le respondí. —Y a catar yogures.

Sonrieron todos en la mesa.

—Seguro sos artista —continuó Mariela. —¿Pintor? ¿Músico?

Hablar con una persona desconocida, sea quien sea, es algo que se me hace cuesta arriba, pero Mariela irradiaba una gentileza bárbara, así que decidí contestarle, encaramado eso sí en mi apestosa voluntad de molestar.

—Mirá, Mariela: te va a costar trabajo creerlo, pese a ello, tomá la actitud de la gente que va al cine, pues la gente que va al cine deja su incredulidad en la entrada. ¿Te parece?

—Me parece —dijo ella, muy sonriente.

—Contrariamente a lo que la gente ha pensado siempre, pienso que la locura es un puro exceso de realidad. Y desde muy pequeño, a causa del asma y con el objetivo de borrar este par de lunares de puta que tengo entre los labios y la nariz, me han inyectado cuantiosas dosis de metafísica. Así que soy escritor. A eso me dedico, a escribir. Y no me preguntés qué escribo porque lo que escribo no son sino las cobardías de mi vida. Tampoco preguntés por qué escribo, pues no lo sé. Lo que sí, es que he intentado todo para calmar siquiera un poco esta necesidad de escribir, pero la verdad es que ni dándole por el culo se aplaca la muy puta...

Se descocieron riendo y de tal modo que hasta me pareció que no pararían de reír jamás.

—Man, sos una máquina —dijo Joaco cuando se apagaron las risas, recuperándose. —Te merecés una cerveza. Ya vuelvo.

—Has de ser bueno escribiendo —dijo Mariela.

—Para nada porque yo aspiro a ser nadie. Es más, lo hago todo con indolencia y siempre estoy a punto de desmayarme. Encogerme de hombros me deja terriblemente agotado.

Todos volvieron a reír. Alicia la rellenita era la que más se carcajeaba, y yo la miraba mientras sospechaba que no había entendido para nada lo dicho. Fue entonces cuando se acercó a mi oído y me preguntó si me gustaba la cocaína.

—Sólo si viene de tus manos —le dije también al oído.

—¿Aquí? —dijo ella, ruborizada.

—En el baño—le dije. —Andá primero y esperame.

Alicia se levantó y yo pensé en que me estaba resultando insoportable la absurda necesidad de demostrar a cada momento que sabía inventar historias, que era escritor. Luego me levanté y fui al baño. Dos golpecitos bastaron para que Alicia supiera que quien tocaba era yo, el adorable hijodeputa.

—¿Te sirvo o te servís?

—Como gustés —le dije mientras le lanzaba una mirada de pretenciosos aires seductores.

Alicia me miró maravillada, seguramente porque no solo le gustaban mis palabras, y me ofreció la bolsita, algo nerviosa. Luego del *sniff* me dediqué a verla en silencio.

—¿Por qué te quedás callado? —me dijo poco después.

—Porque yo creé el mundo. Y no me gusta alardear.

—Decís unos disparates...

—Es por el temporal.

—Me agradás —dijo, y acercó su cuerpo al mío.

La verdad es que pude amortiguar mi tragedia privada justo ahí, en un vaivén desenchufado por dentro, pero le pedí un poco más de droga y luego de los *sniffs* me sentí enfrascado en una desgracia impeorable, así que sintiendo cómo aquella falsa calma masajeaba mi dolor, decidí salir del baño.

—¿Por qué te vas? —soltó Alicia, desconcertada.

—Porque soy tonto, y no tengo inconveniente en decirlo.

Hui del aquel olorcillo a orín y de la imagen del papel higiénico manchado y pasos después fui emboscado por Joaco, quien me ofreció una cerveza, de la que bebí un ávido trago, luego caminé hacia la salida del NoName y en el umbral pensé que mis pequeñas simpatías me arrastraban hacia determinados portales que parecían envolverme con su abrazo y a otros los percibía siempre como hostiles y los expulsaba de mi vida casi de inmediato.

Los portales hacia la felicidad, por ejemplo.

Luego pasé a pensar en que el problema es que la felicidad es poco interesante, más bien aburridísima. La infelicidad, en cambio, es apasionante. Pensé además en que no era más que un ocioso, inestable, errabundo, aspirante a ideólogo de la desgana, una volátil máquina de soltar opiniones majaderas; pensé en que escribir constituía mi única posibilidad de existencia interior, pensé en que, hiciera lo que hiciera, estaba condenado a ser pasto de angustias y temores, pensé en que debía, de una buena vez, acabar con tantas palabras que nada significan para reencontrar, en el centro de tanta palabrería improductiva, la emoción verdadera, la emoción original; pensé que, para agazapar siquiera de forma exigua mi maltratada existencia, me había refugiado en los libros, pensé también que el infierno son los otros, los demás, pues nada sabemos de ellos por mucho que creamos conocerlos; los otros son un misterio, tanto cuando ríen (porque en el fondo puede que estén llorando) como cuando lloran, porque es probable entonces que por dentro anden riéndose y vos no lo sepás, no sepás que andan riéndose de vos; pensé nuevamente en que yo era una copia, una copia de una copia y no solo eso, también una persona que, pese a que me había pasado toda la vida huyendo como de la peste de lo que fuera artístico, pensara todo el tiempo en términos tan literarios, que inyectaba sobredosis de citas literarias a lo que escribía, a lo que hablaba, es decir, un copista malparido, pero además recordé que en el monólogo de *Hamlet* sólo hay trivialidades, sin embargo esas trivialidades agotan lo esencial de nuestras interrogantes, pues las cosas profundas, quiérase o no, te arranques los pelos creyéndolo o no, no necesitan originalidad.

Dicho de un modo más simple: en la literatura, como en la vida, la originalidad es solo un fetiche.

Y entonces sonó por fin la canción de Elliott Smith que seleccioné en la rocola y pensé que los ángeles son una cosa de la que nosotros, los hombres, tenemos los güevos llenos; pensé además que era precisamente el arte con lo que tenía que lograr la quietud en medio del caos, pensé en mi curiosidad, pensé que la mía es una curiosidad que he adquirido con el tiempo, casi sin darme cuenta, arrastrado tal vez por mi temprana decisión de escribir y por el no menos temprano descubrimiento de que a mí no parecía que fuera a ocurrirme nunca nada lo suficientemente interesante y que valiera la pena ser contado, pensé además que no sabía muy bien por dónde ir por la vida y, además, tenía la impresión, la estúpida impresión, de que estar desesperado era más elegante que ser un individuo instalado en la esperanza.

El pecado original del cristianismo, a mi entender, es la esperanza.

Y entonces, justo cuando más inquieto estaba yo por la fatiga de vivir en mi mente, levanté la mirada al escuchar la voz de Sofía y entonces la abracé.

—¿Estás bien? —me dijo ella todavía abrazada a mí, poco después, con su rostro próximo al mío.

—Sí. Lo que pasa es que... —le dije, sin saber en realidad qué decir, con los pensamientos al fin inleibles.

—¿Qué pasa?

—A mí también me gusta Tom Hardy.

Hay muchas maneras de diagnosticar mi personalidad, pero el ingrediente principal es Imbécil. Soy además una rata en una trampa que fabriqué yo mismo, una trampa que he ido reparando siempre que empieza a abrirse una brecha por la que pueda escapar.

Soy, por otro lado, una persona que jamás ha fallado en nada, jamás, pero que ha encontrado cientos de maneras para que nada funcione.

Y no solo soy distinto, soy distinto a todo lo que es distinto a los demás. Y siempre seré distinto, lo sé. Y es curioso decirlo cuando me considero un copista, porque lo soy; todo un Kakashi Hatake[4] que, a diferencia de éste, sabe que la autenticidad intensifica el narcisismo. Además, soy una persona con una conducta autolesiva a falta de autoestima, alguien que lee porque leer significa ser mirado, alguien que sabe que en los momentos grandiosos asoman los detalles ridículos, alguien que escribe los recuerdos de una vida que no le ha gustado, un holgazán y pedante escribidor que esconde su fragilidad de principiante detrás del alcohol y otras mierdas, alguien que elabora proyectos pensados para acabar haciendo nada, alguien que...

Probá a pensar lo que pienso y verás qué pasa.

Lo cierto es que mientras Sofía y yo estuvimos abrazados no hubo amenaza de lluvia, pero la lluvia repentinamente comenzó a descalzarse sobre Gótica con una intensidad salvaje, como si alguna divinidad se valiera

---

[4] Personaje ficticio del manga y anime Naruto, quien imita los movimientos y las técnicas de combate de los demás.

de un interruptor para desbaratar aquel coqueto suceso entre ella y yo; Sofía se precipitó hacia el NoName a fin de guarecerse y yo me quedé inmóvil bajo la lluvia. Cuando reparó en que yo no iba tras ella, se volteó y comenzó a decirme cosas pálidas, que no lograba entender. Yo la miraba desde la lluvia. Ella se acercó y se detuvo frente al umbral, algo preocupada.

—Disculpá —le grité. —Tengo una relación muy estúpida con la lluvia.

Sofía, como si en aquel instante hubiese detectado en mí una descomunal confusión mental, salió en mi ayuda y con aires maternales me tomó de la mano, haciéndome entrar al NoName.

—Te podés enfermar —me dijo, viéndome compasivamente.

En todo el rato que pasé con ella la miré de forma inferior, con una actitud pedante y estúpida (siempre he considerado que ambas palabras, *pedantería* y *estupidez*, son las dos caras de una misma moneda), pero en aquel momento, además de notar cómo se alejaban de mí y parsimoniosamente las bestias de la angustia, alejándose inquietas del yo y mis circunstancias, decidí no solo ser humilde sino también aprovechar cualquier palabra que pudiera ofrecerme, descansar en cualquiera de sus sílabas, pues Sofía me provocó la sensación, por decirlo de alguna manera, de haberme ausentado de mi propia realidad.

—¿Almorzaste? —me dijo entonces ella, interrumpiendo mis pensamientos.

A punto estaba de arrojar una ocurrencia cuando atravesó el umbral Gorges García, empapado, y me saludó alegremente, como era su hábito, y palabras después me sumergió en el feísmo desaforado de la actual poesía de Gótica, pues comenzó a decirme repentinamente que había leído un poema al que catalogó de modesto y que pertenecía a un muchacho que solía llegar también al NoName, y entonces frenó súbitamente su discurso al reparar en Sofía.

—Upa —dijo viéndola arrobado. —Mi nombre es Gorges García. ¿El tuyo? —añadió poco después, ofreciéndole su mano.

—Sofía.

—¡Sofía! No merecés menos, eh, Bruno —dijo sonriéndole.

Sofía se quedó mirándolo, con las mejillas hinchadas y enrojecidas.

—¿De dónde conocés a este muchacho? —le dijo, y sin dejarla responder, continuó. —Sabés, Bruno no sabe nada de nada, pero siempre está triste, como si lo supiera todo. Y aunque no hable, siempre piensa tonterías...

Sofía permanecía aún enrojecida.

—¿Me dejan invitarles una cerveza? Vengan, vengan, que la vida es corta, pero es más larga de lo que muchas veces suponemos. Los años pasan volando; los minutos tardan siglos en pasar —dijo rumbo a las cervezas y mientras acomodaba la cola en su cabello.

Nos sentamos en la barra y nos preguntó qué tomaríamos.

—Los versos de T. S. Eliot me ponen la carne de gallina. ¡Fantástico! —dijo de golpe y en un tono muy solemne, rarísimo, como si no tuviese pulmones.

De Gorges siempre emanaba algo metafísico. Un sujeto muy talentoso, un artista de verdad. Manchaba el papel y hacía arte con la misma naturalidad con la que otros bajan las escaleras o bostezan, y siempre parecía dominado por una extraña sensación que oscilaba entre lo anodino y lo trascendental. Me agradaba verlo. Con él había que dejar que a uno lo impregnaran las esencias, su ingeniosidad, sin cuestionar las aparentes literalidades.

Gorges continuó diciendo todo tipo de cosas, geniales y descabelladas, bebiendo a pequeños sorbos su cerveza y desgranando con detalle algunos de sus recuerdos. Sofía, por su parte, y yo no sabía bien por qué, no dejaba de mirarme, sonriente. Me miraba y yo no sabía cómo interpretar sus miradas, entonces creí que era la mirada de quien acaba de descubrir que está incómoda en un sitio y quiere largarse. Porque tengo que ser muy sincero: no sabía cómo interpretar su mirada porque yo nunca había tenido especial éxito con las mujeres, pues carezco del menor encanto, y lo peor es que en ese momento no parecía que las cosas fueran a mejorar en ese aspecto. No había que hacerse demasiadas ilusiones.

Aproveché que Gorges fue al baño y le pregunté si estaba cómoda, y me respondió que sí, que incluso él le agradaba. Le dije que en Gótica hay ciertas personas interesantes a las que ver, pero que por desgracia tropezás a cada dos metros con las desagradables, así que el simple hecho de saludar a Gorges era ya toda una bendición.

Fue entonces cuando Sofía me miró con un cariño desmedido y acarició mi mejilla y me entraron los nervios, pero luego de unos segundos miré sus ojos con la mayor fijeza y profundidad posibles y entonces sentí cómo se tambaleaba, se derrumbaba mi cobardía. También fueron cayendo, como un efecto dominó, otras sensaciones.

Como, por ejemplo, la soledad.

—Bueno, ya pasó la tormenta. Me retiro, muchachos. Pásenla bien —dijo Gorges, interrumpiéndonos, y luego se despidió afectuosamente, pero poco había avanzado cuando se volteó y me dijo: —Bruno, olvidaba contarte: el otro día vi la eternidad.

Tanto si la vio como si no, desde la barra y con una sonrisa le mandé a Gorges todos mis respetos.

—El otro día vi la eternidad —repitió Sofía, y me miró de nuevo con aquella ternura.

Yo también la miré y pensé en un proverbio chino que dice que ningún hombre puede impedir que el pájaro oscuro de la tristeza vuele sobre su cabeza, pero lo que sí puede impedir es que anide en su cabellera. La verdad es que en aquel momento fui poseído por un álgebra extraña, pues, de pronto, me sentí sobradamente cargado de capítulos no escritos, de poemas, incluso pensé en un título para un libro de cuentos, o tal vez para una novela (*Las derrotas calladas*); también recordé nítidamente el breve diálogo que tuve hacía un par de años con Lucas, mientras nos despedíamos en la catedral. Él me preguntó qué pensaba hacer el sábado por la noche. «Matarme», le respondí. «Entonces veámonos el viernes», me dijo con amena soltura y se dirigió al puesto de té.

Me sentía asimismo admirado por lo que consideraba una increíble serie de coincidencias que me estaban permitiendo, de repente, sentirme bien. Y entonces Sofía me sonrió con una sonrisa inesperada e incluso llegué a pensar que sus sonrisas eran infinitas. Y quise decirle muchas cosas, pero las palabras permanecían adentro.

Siempre que se presentaba la posibilidad de ser feliz siquiera a migajas, inventaba invariablemente alguna razón para dejarla escapar; aunque muy en el fondo, al otro lado de tanta insistencia en llevar una vida malograda, deseaba alcanzar de nuevo el lugar infinitamente plácido y distante que tanto añoraba: la infancia perdida.

De pronto apareció la ruin pero útil sensación de creerme escritor. No podía negarlo más: escribía. Sí, escribía, pero tenía miedo de escribir, miedo de terminar mis libros porque sospechaba que eso me llevaría directamente al fracaso, a uno nuevo, pues en realidad la única valía artística que poseía (y que para nada era ese premio literario que había ganado) era que aún no me había derrumbado del todo. Y, por otra parte, aunque me acostaba con mujeres, tenía por lo general miedo de hacerlo, miedo a que me encontraran sexualmente tímido, decepcionante.

Miré nuevamente a Sofía y esta vez tenía la mirada de esos enemigos del tabaco que se plantan con mirada de reprobación moral frente al primer pobre suicida que ven fumando, y viéndola creí advertir de pronto esa necesidad que tenía de las palabras y también de que éstas pudieran resultarme útiles para distanciarme del mundo real.

—¿Enserio estás bien? —soltó ella.

—Espero que las cosas mejoren pronto —le dije.

—Nada en la vida es inmutable.

—Vos sos como un sueño —le dije, poco después de pensar en lo que dijo. —Me refiero a que me siento dentro de un sueño y al mismo tiempo el sueño es real.

Se me quedó mirando fijamente.

—Tenés una visión muy desgarrada de la vida, pero en el fondo sos una persona muy alegre —me dijo, y añadió: —Bruno, la vida está bien. La vida es admirablemente bella y sencilla.

Antes de oírla arrojaba en silencio, como si alimentara pájaros, sorbitos de cerveza Imperial a mis tristezas, pero sus palabras se instalaron cual lloro de criatura hambrienta en mi conciencia y de golpe todo el lugar comenzó a parecerme distinto.

—Antes me preguntaste qué es Bruno Díaz. Y la verdad es que podría darte una descripción bastante amplia, pero, ¿me creerías si te digo que cuanto más se dice es no diciendo nada? Además, muchas veces me siento como una persona sobre la que sé muy poco. Pese a ello, me atrevo a decir que Bruno Díaz es, llana y sencillamente, una persona a la que le gusta mirar por la ventana.

—¿Por qué una ventana?

—Porque una ventana es siempre un vislumbre, una escena en marcha o detenida, una historia que transcurre o que en cualquier momento puede transcurrir. Y ahora mismo creo, y vas a tener que disculpar mi franqueza, que la vida entera es una ventana por la que te veo. Y mientras te veo pienso en muchas cosas. En la canción *Swing Lynn* de Harmless, por ejemplo, pero también me doy cuenta de que, todo lo que pienso, todo lo que pienso mientras te veo no son sino aves carroñeras girando en torno a lo que en realidad pienso mientras te veo, y bien mirado el asunto se trata de una frase solamente...

—¿Cuál?

—...me resultás extraordinariamente hermosa.

Caer en la cursilería es algo ciertamente ridículo. Pero pensándolo serenamente, creo que sólo quien no ha caído en la cursilería es en realidad un auténtico ridículo.

Me pareció totalmente evidente que yo a Sofía le gustaba. Sin embargo, dicho lo dicho me quedé completamente hundido en la silla, en riguroso y reprimido silencio, pensando que ella podía llegar a gustarme más que Rebeca.

Sofía se quedó pensativa también, pero sonriente; parecía que me conociera mucho y desde hace mucho.

—Pues Bruno Díaz no es nada más que eso, lo cual, bien mirado, es bastante —continué.

—¿Y qué más pensás sobre mí? —dijo ella luego de sorber la cerveza, procurando prolongar aquella coqueta conversación.

—Creo que también sos una persona sencilla. Muy amigable y muy directa, y al mismo tiempo muy distante. Y no sé. Podría darte una idea más clara con una sola frase, pero yo no logro decirlo todo con una sola frase. Así que no sé, pienso que... Sofía, ¿de dónde me conocés?

—Estabas borrachísimo en la Maison Maya, en San Pedro, creo que hasta drogado. Acompañabas a un amigo tuyo, que presentaba un libro. No recuerdo su nombre. Me ofreciste una cerveza. Apenas hablamos porque ibas de un lado a otro. Pero dijiste algo que no creo poder olvidar. Te dije: «Veo que te la estás pasando bien», y vos me miraste con mucha tristeza y me dijiste: «La gente incapaz de sentir culpa normalmente se la pasa bien», y luego te fuiste a otra mesa, así, sin más.

Me quedé en silencio, dándole vueltas a lo que me dijo.

—Lo siento. No recuerdo nada.

—Está bien. Lo bueno es que yo sí —me dijo y pidió más cerveza a Víctor. —Y tal vez no todo, pero lograste decir muchísimo con la frase que dijiste antes.

—¿Cuál?

—*Me resultás extraordinariamente hermosa*.

—Y no solo eso —añadí en aquel momento, algo nervioso aún y como si me hubiesen entrenado desde hacía siglos para decir lo que dije, como si explotara después de tantas ambigüedades. —Has amueblado, desde que te vi más temprano, en tan poco, determinados rincones de mi existencia.

Al decir aquello nos quedamos en completo silencio, contemplando cómo explosionaban, cercados por nuestras miradas, los mudos fuegos artificiales. Poco después Sofía, bastante nerviosa, quizá convencidísima de mi soledad y mi timidez, me preguntó, no sin antes mencionar que era esa una propuesta que jamás había hecho, si me gustaría quedarme en su habitación de hotel, pero que todavía no pretendía ir al mismo, pues se le antojaba conocer algún otro sitio.

¿Quién resiste los embates de semejante pregunta? Nadie. Mucho menos alguien como yo, que nunca he andado precisamente sobrado de mujeres. Y aunque no lo evidencié, me sentí alegre, como cuando niño; pensé en mis libretas de los *Power Rangers*, en mis lápices y el sacapuntas, en la cantimplora, en el olor a caoba y el olor a mañana temprana cuando después de bañarme con agua tibia mi madre me uniformaba para luego llevarme de la mano y con su tácito andar hacia el kínder.

Me sentía, para decirlo de otro modo, seguro.

Entonces el ruido de una botella estrellándose en el suelo desbarató nuestro silencio.

—¡La mera pija es Cristiano Ronaldo! —gritó un viejo cuarentón, de pie y bastante ebrio, a unos metros de nosotros, quien luego habría de perder el equilibrio para recuperarlo apoyándose en la mesa en la que estaba, dejando caer otro par de botellas. Segundos después le auxiliaron sus acompañantes, y con los cachetes menos mordidos por el alcohol, decidieron sacarlo del sitio mientras se disculpaban con los demás.

Al verlos salir, tomé de la mano a Sofía y repetí en mi mente las palabras del borracho, pues la estupidez que dijo acababa de confirmar que en los momentos grandiosos asoman también los detalles ridículos.

Pensé también que la juventud es extraordinaria, y yo la tenía sofocada viviendo una vida que no me conducía a nada. También pensé que, dada la mediocridad de mi presente, sería fantástico que el futuro me perteneciera. Porque algo era terriblemente cierto: yo estaba acabado. Acabado en la vida y en lo que escribía. Acabado y con mi estúpida desesperación a cuestas, abrazado cada vez más a la rutina de mi personal descalabro. Había que cambiar, pues, como bien lo dijo Sofía, nada en la vida es inmutable, así que en ese instante pasé a sentir cómo se estampaban hilos ajenos y optimistas a mi voluntad.

Y entonces confirmé que sí, que la vida es una completa mierda, pero si la hurgás, si la hurgás como es debido, encontrás en ella algo muy parecido a la felicidad.

Por otro lado, nada de lo que se agitaba entre las paredes del NoName me exaltaba ya. Todos sus enredos, llantos con mocos, amores siempre truncados, efusiones enfermizas, grandes escenas ridículas, gente colérica y otra dulce y simpática, momentos trágicos y otros tan risibles, era todo aquello siempre igual. En el NoName nada cambiaba y parecía que no cambiaría nunca, todo se repetía de mil modos distintos, un lugar de carácter circular y con estructura de pesadilla, un lugar donde las historias llegan siempre y cada día en forma de destellos miserables.

Se describe bien lo que se odia, pensé, y de golpe sentí cómo en mi interior se llevaba a cabo una especie de funeral. Sentía a mi voluntad desacostumbrándose a la vida insensata. Sentía cómo la fétida angustia se desatornillaba de mi espíritu.

Sí, acababa en aquel entonces de aburrirme profundamente del fracaso. Y pese a que no quería saber más nada sobre el fracaso, ciertamente estaba fracasando, pues en ese instante decidí frenar ya del todo mi andadura, mi vida de fracasado.

Miré nuevamente a Sofía. Sus ojos eran como una patada en el culo que me ayudó, rompiendo madera y cristales, a salir bien rápido de mi pasado, de mi desdichado pasado, de mi imbecilidad.

—Bruno, ¿estás bien? —me dijo ella en un tono muy cortés pero también asustadizo, como si viese los fúnebres arreglos florales dentro mío.

—Sí, señora. Ya ve. Soy muy nostálgico.

Recuerdo que siempre, pero es que siempre andaba por la vida con pasos serenos simulando que iba a alguna parte cuando en realidad no había un solo lugar en el mundo en el que alguien me esperara. No era sino la viva imagen de una persona hundida. Pese a ello, hasta hoy en día, jamás he envidiado a nadie en este mundo. De hecho, siempre me he rehusado a creer que los demás están jodidos y por ello quizá me fascina ver a las personas sonreír.

Sólo la gente sin imaginación cree que los demás llevan también una vida mediocre.

Y no sé si debería meterme en el guacal, pero llevamos una vida muy pobre los escritores. Hablo de la gente que escribe de verdad. No conozco a nadie que tenga menos vida personal que yo. Pero es que siempre le he dado la espalda al mundo, a todos. Casi nunca estaba para nadie y en ocasiones para mí tampoco. Mi hermético carácter (o quizás simplemente melancólico) me había orillado a jugar desde un principio a ser un fantasma, pero en ese momento, justo en el No-Name, el fantasma se estaba modificando, sufriendo un vuelco impensado.

Se dice que literatura tiene una notable ventaja sobre lo que vivimos, ya que uno puede volver atrás y corregir, reeditar. Como admirablemente lo dijo Daniel Saldaña París: «La literatura tiene esos milagros: uno puede volver a una escena del pasado y observarla, de pronto, con la mirada del testigo; un testigo capaz de compasión y risa.» Pero en la vida el pasado, mi propio pasado, el pasado de todos los demás, todavía está ahí, inmutable y a ratos escurridizo, pero siempre regresa el muy puto, siempre reaparece y solo precisa de una coartada, un signo, algún detalle que le sirva de pretexto para reinstalarse en el presente. Se dice además que hacer las paces con el pasado, con lo que haya sucedido, es de alguna manera una forma de modificarlo, en el sentido de que tu presente rodará mejor. Pero a mí jamás me interesó volver atrás y aceptar o corregir zarandajas. Lo mejor es dejarlo todo tal como está, al menos tal como estaba hasta que Sofía apareció en el NoName.

Y vale añadir que no era precisamente Sofía quien espantaba de mí la imbecilidad, porque no. En realidad, ya no podía más con aquel estilo de vida, sencillamente ya no podía aguantar más. Llevaba ya un buen récord de desgraciadez y era necesario huir a toda prisa de la zanja oscura en la que me había metido.

Miré a Sofía mientras le pagaba otro par de cervezas a Víctor y en entonces caí en la cuenta de que ella, sin la posibilidad de percibirlo, tenía a su lado al fantasma del NoName, el fantasma alpinista que ascendía cada vez más alto en su propia estupidez pero que justo en ese instante descendía vistiéndose de piel y huesos y sintiéndose de golpe cargado de poemas, de capítulos no escritos; el fantasma que daba un asco y a la vez una pena increíble pero que renacía y pensaba que ya era hora de que en Gótica lo tomaran en consideración como escritor, porque el arte es también escapar de lo que creen que eres o de lo que esperan de vos; el fantasma que, por primera vez desde que abandonó la infancia, se encontraba jodidamente lejos de estar acabado.

—Bruno —me dijo ella bastante seria, interrumpiendo mis reflexiones. —Te invité a mi habitación de hotel, pero, no sé si estás con alguien...

La muy bonita no sabía que yo estaba solo, como la mierda. Y eso le dije, que estaba solo, y luego añadí, siendo presa de la veta chiflada de mi humor:

—Tenés una suerte...

Ella se rió con esa forma suya de reír inolvidable, una risa maliciosa, la risa de quien se sabía ya instalada al otro lado de mi carne.

—¿Y hace mucho?

—Mucho.

—¿Y has estado solo todo ese mucho? —me dijo casi jugando. —No, no lo creo. Sería muy aburrido.

—Quien conoce el arte de estar consigo mismo jamás se aburre.

—¿Y qué pasó en tu última relación? ¿Por qué se acabó? —dijo, algo cautelosa.

—¿Qué pasó? Pues la realidad. Y poco después salí de su vida como se sale de una frase —respondí.

Lo que le dije, mirándolo bien, fue terrible, todos lo sabemos. Y al mismo tiempo poético. Terrible y poético. Como la vida.

—¿Qué ves en mí, Sofía? —le dije poco después, envalentonado.

—Veo en vos a una persona completa y no la macedonia confusa que sos para vos mismo —dijo con gran aplomo, sin vacilar. —¿Por qué me ves tanto la boca? —añadió al reparar en que precisamente le veía la boca.

—Por tu sonrisa.

—¿Qué con ella?

—Me sonreís muy a menudo. Es como si supieras que una sonrisa es el fantástico empujoncito que mantiene vivo a un escritor.

—Un escritor —repitió ella. —Me gustaría saber qué estás escribiendo, que no tenga que ver con tus microrrelatos de Facebook.

—Pues estoy escribiendo una historia que lleva entrelazadas las lágrimas y las risas.

—Prácticamente no me estás diciendo nada.

—Mire, señora, me rijo por el principio del iceberg: le mostré lo necesario. Lo cuantioso está en el fondo. Parta de ahí, invéntese lo demás. Construya usted la historia con lo no dicho, no voy a ser que esté trabajando siempre.

—Mire, señor, me gusta lo que dice, pero le voy a dejar el trabajo a usted. Es más, si yo aparezco por eso de las casualidades en lo que escribe, procure ser lo más verídico que pueda, que se le pueda ver a usted en lo escrito y de verdad. Y a mí, si es posible, de mentira.

Y entonces me callé. Me callé porque en realidad no sabía que más hacer. Cualquier cosa que añadiera correría el riesgo de caer en la charlatanería, de no estar al nivel de sus palabras. Sentí calambres en el alma, como expresaba la canción de Charly, que justamente sonaba. Por fortuna, Tenoch se nos acercó y, luego de presentarse con su acostumbrada jovialidad, nos sugirió a ambos que le acompañásemos a casa de Mariela, cerca de El Hatillo. Yo, que no podía estar más animado, le expliqué a Sofía, entre otras cosas, que veríamos desde lo alto la ciudad, así que ella se mostró muy alegre y dijo que le parecía una idea espléndida, pues además no conocía casi nada la ciudad.

Poco después salimos del NoName, y antes de cruzar el umbral, me volví y miré ceremoniosamente hacía sus entrañas, donde solo había gente fea y muy ebria.

Y a la mierda.

Poco después de ingresar al campus universitario caí en un notable desánimo. Me pareció que estar en una tertulia hablando sobre Kafka no tenía mucho sentido, sobre todo por el insoportable hilillo de saliva que se aunada en el labio inferior del licenciado Leyva mientras se explayaba. En aquellos días lo que más me gustaba era la libertad que alcanzaba en la soledad de la cancha de futbolito, donde miraba gustoso las potras y fumaba cigarrillos exportados, incautados por el negro Mauricio, amigo de mi hermano Felisberto y quien trabajaba como policía de aduana. Llegué a la universidad a estudiar Literatura, es cierto, pero nada me importaban las figuras literarias. Era todo lo contrario al estudiante promedio, a esa cáfila de calmosos y sumisos repetidores. De más está decir que los jóvenes aplicados piensan que el dinero lo es todo, y no hay nada más cierto. Sin embargo, yo era un cuervo. Sí, un cuervo que refunfuñaba en secreto cuando asistía a clases.

Pero piensen en lo monótona que sería la nieve si Dios no hubiera creado los cuervos.

Para un calmoso y sumiso repetidor la excelencia académica es lo más símil a la felicidad. Y son personas que, durante el día, debido a sus clases, y por la noche, debido a sus deberes y cansancio, no tienen tiempo para pensar en ellos mismos, en el sinsentido. Yo, por otro lado, era un cuervo que se planteó como objetivo no querer comprender nada, no analizar. Pensé que tal vez en eso consistía la sabiduría. Para qué la vida, para qué escribir, para qué los ojos de una mujer, para qué saber si Gregorio Samsa se convirtió en un escarabajo o cucaracha, para qué Gótica, para qué todo, Dios mío, para qué.

Lo cierto es que bastaron un par de periodos académicos para que en la carrera tuviera fama de borracho irresponsable. Por ello era célebre, pero la fama (y ya tendrían que saberlo a estas alturas, de lo contrario qué vergüenza) está hecha de mil rumores y malentendidos que suelen guardar poca relación con la persona real. Además, siempre me creyeron un arrogante a más no poder desde que una vez dije que la poesía en el país estaba llena de versos ingenuos. Confundieron la arrogancia con la franqueza. Pareciera que estar estreñido es el futuro del estilo poético del país, dije en otra ocasión y ya no solo se me catalogó de arrogante, se comenzó a decir de mí que no se podía ser más imbécil.

Por lo visto, no saben absolutamente nada sobre ironía. Gente toda ridícula, antiestética, pusilánime de verdad, gente que nunca supo (no hasta ahora, que lo expreso yo aquí) que es a fin de cuentas la ironía el único método del que disponemos para decir ciertas verdades. Rilke solía decir: «Ganad las profundidades, la ironía ahí no desciende», y Jules Renard: «La ironía es el pudor de la humanidad.» Las dos frases, por muy discutibles que sean, me parecen perfectas. Aunque la que más me gusta es mía: La ironía es la forma más alta de la sinceridad.

Por otro lado, quienes en Gótica se consideran letrados (salvo algunas excepciones, por supuesto) solo tienen interés por lo más evidente, lo más común, lo más opaco; son los eternos escuderos de la palabra *interesante* a falta de conceptos. Como bien lo dice Arturo, mi hermano, exhalando compostura luego de un buen pijazo de yuscarán: «¿Qué putas saben los cerdos de amor?»

En cierta ocasión, alguien me dijo que lo que yo escribía no era muy comprensible, no a la hora de hilvanar las palabras sino la idea en general. Yo callé porque no supe qué responder. Y ahora que lo pienso, aquella persona tenía razón, puesto que no me gustan los relatos con historias comprensibles. No me gustan porque entender puede ser una condena. Y no entender, la puerta que se abre.

Cuando comencé a mostrar mis patéticos poemas y a leer los patéticos poemas de mis compañeros, no se me ocurrió en ningún momento pensar que acabaría siendo parte de recitales y otras mierdas. No veo por qué escribir tiene que traer aparejado el hablar en público. Más bien son actividades contrarias, pues se escribe en soledad y en muchos casos incluso para huir del mundo.

Nadie sabe, en realidad, lo terriblemente solo que se está cuando se escribe.

Poco después comencé a destruir los trabajos artísticos de mis colegas, así como ellos destruían los míos, y descubrí que aquel es un ejercicio muy beneficioso para la salud de los resentidos. Recomiendo ese ejercicio a todos. Y cuando digo a todos, sé bien lo que digo. No creo que haya un solo escritor ambicioso que, en mayor o menor proporción, no sea un resentido y al que destruir a un colega no vaya a hacerle mucho bien. Así que aquel era un juego divertido, sobre todo porque nadie está obligado a ser perfecto. Los seres humanos somos contradictorios, malvados y sentimentales, y todo eso lo somos a la vez, aunque no siempre, y a la mierda quien crea que no.

Y la verdad es que, en cuanto a estructuras poéticas y narrativas, en el país todo el mundo vive complacido, y eso da una pista del poco sentido crítico que impera.

Yo he batallado siempre contra la página en blanco. Y si bien mi cerebro y sus ocurrentes engranajes están todo el tiempo en constante garabateo, a la hora de redactar reescribo cuatro o cinco veces cada párrafo hasta lograr que cada frase tenga su ritmo. Se trata de un sistema de doble acción: pasa algo en la narración, pero también pasa algo sonoro en la frase, en el ritmo. Además, siempre he considerado que, en los asuntos triviales, cuando no hay nada significativo que decir, el estilo y no la sinceridad es lo esencial; pero si debo decir algo relevante, muy notable, tengo que ser claro. Si no soy claro, mi mundo entero queda aniquilado. Y precisamente así he luchado contra la página en blanco y con finalidad de ser mejor que Shakespeare, y lo he conseguido. ¿Y ahora?

Volviendo al tema, hacer el idiota ha sido pieza considerable de mi modus operandi. Prueba categórica es decir que soy mejor que Shakespeare. Pero permítanme ahora que por unos momentos deje a un lado la ironía y la idiotez y me enternezca recordando el tiempo que precedió a mi adolescencia, justo el de mi niñez, esos días en los que, cuando cesaban mis labores de construcción del aludido bajel con el que partiría hacia la luna, permanecía encaramado en el árbol de guayabas que había en casa mientras mascaba sonoramente de sus frutos.

Mi madre trabajaba como secretaria, mi padre en el área de carpintería del campus universitario y mis hermanos eran ya estudiantes de secundaria, por lo que, todos los días y desde el kínder, me quedaba solo en casa, bajo llave, donde jugaba a estar solo. Recuerdo que me gustaba ver los platos y tazones, las herramientas de mi padre, coger del refri pedacillos de queso y sorberlos como carmelo, encender un palillo de fósforo tras otro justo como Walter White mientras planeaba sus fechorías frente a la piscina. A Felisberto y a Arturo mi madre les acusaba de fumadores, pero era en realidad yo quien provocaba las cenizas. Me daban dos lempiras para la merienda y con ellos compraba un churro *Nacho* y la cajita de fósforos.

En esa pulpería, lo recuerdo a la perfección, ubicada frente a la escuela, siempre había un viejo sudoroso de ropa desteñida, un hombrecillo arrugado y macilento con el pelo encrespado como un estropajo de algodón al que todos los días veía beber alcohol clínico.

Al terminar las clases regresaba a casa junto a Ana y Vladimir, quienes eran hermanos y vivían en la casa de al lado, y con este último pateábamos por aquel extenso camino de tierra todo tipo de piedras y objetos mientras él simulaba ser Zidane y yo Riquelme. Vale aclarar que no volvíamos solos, lo hacíamos bajo la custodia de Rosa, la trabajadora de ellos, mis vecinos, quien era una mujer de cuerpo anguloso y voz de comadreja que vestía siempre como muñeca vieja. Y era precisamente ella quien le hacía el favor a mi madre de hacerme entrar a casa y dejarme bajo llave.

Recuerdo que me desliaba del uniforme y tomaba el almuerzo que siempre estaba en comedor, envuelto en papel de aluminio, y ágilmente y mientras comía, hacía mis deberes. La urgencia era volver a la construcción de mi halcón milenario, chamuscar cerillas o hacer estrictamente nada. En invierno tenía la obligación de estar atento a la lluvia, pues siempre había ropa en los tendederos y de mojarse, me llevaba una buena regañina. Fue así como, movido por los preceptos de mi madre, experimenté un mágico encontronazo.

Estaba en la sala, viendo y oyendo el *opening* de *Samurái X* cuando de golpe cayó la lluvia, como quien arroja un baldazo, entonces salí precipitado hacia el patio. Al principio sentí las gotas, que caían con dureza, tomaba lo que podía de ropa y la llevaba hasta una silla, cerca de la pila, y así en aquel ir y venir hasta que, al tratar de llegar a la ropa que faltaba, dejé de mojarme, y no porque hubiese dejado de llover, porque arreciaba, sino porque la lluvia yacía herida a mitad del patio. El patio de mi casa era exactamente el sitio donde la nube zanjaba. Recuerdo que al principio me impresioné, pero luego me dediqué a observar rebosante de alegría cómo descendía la cortina de agua, incluso comencé a jugar a meter mis manos en la lluvia como quien lo hace desde una ventana y a meterlas donde no llovía desde la lluvia.

Aquel escenario cesó lentamente, hasta que todo volvió a lo normalidad, se volvió silencio. Poco después llegó mi madre, quien salió al patio a corroborar si dejé o no mojar la ropa, y al mirar que buena parte estaba en los tendederos, fue hacia ella reprochando mi descuido, pero al palparla se volteó y me miró callada.

En esa misma casa murió mi abuelo paterno. Murió por la inesperada pérdida de la función cardiaca (el paro fue en realidad leve, pero contribuyó al deceso el golpe en la cabeza que se llevó al desplomarse). Murió en el baño, mientras se duchaba para asistir a una consulta médica, prueba de que la ironía no es precisamente una reja lingüística. Es una burla muy fina y poco disimulada de la vida.

Yo tenía apenas un año de nacido cuando el suceso, y luego de escucharlo tantas veces, no sé si en realidad es un recuerdo o si se trata de un recuerdo inventado, pero en mi cabeza yace la imagen de mi padre cargando a mi abuelo, desesperado y con la esperanza de reanimarlo en un hospital. Inventado o no, ese es el único recuerdo que tengo de Hermenegildo Díaz.

Años después, cuando estaba en cuarto grado de primaria, habrían de aparecer en mi vida Los Soprano. Y no me refiero a los tipos que asomaban en la programación del canal televisivo 3 y 7. Me refiero a mis primos Alexander, Neptalí y a JC (este último primo materno y a quien siempre le encontré rasgos faciales análogos a los de Leonardo DiCaprio).

Habrían de pasar Los Soprano una buena temporada en casa (con el tiempo llegarían ocasionalmente). Eran poco mayores que mis hermanos y con estos tenían una estrecha relación. Yo era apenas una tímida y pequeña silueta que los miraba embelesado mientras jugaban, antes de que mi padre diera la orden de acostarnos, el juego de naipes conquián en la habitación (no sé cómo lográbamos acomodarnos los seis en dos pequeñas camas). Y los miraba embelesado porque la baraja era de contenido pornográfico.

Neptalí era bastante reservado, y cuando hablaba lo hacía con franqueza. Alexander, su hermano mayor, era todo lo contrario. Llamar la atención era para él una divinidad, así que actuaba como su mejor feligrés. Por si fuera poco, padecía de epilepsia. Recuerdo que cierto día, a la hora de la cena, estábamos todos en el comedor cuando de pronto Alexander se fue de bruces contra el suelo, convulsionando. Mi madre se inquietó. Vi cómo JC enrolló una tortilla, la mordió y mientras masticaba le dijo, a fin de calmarla y con la serenidad de un lago profundo: «No le pare bola tía. Ya se le pasa». Poco después Alexander volvió a la calma, y recuperándose en el suelo miró desconcertado a su alrededor, luego se levantó y se sirvió agua en un guacal.

De JC puedo decir que era una persona sumamente despreocupada y a la vez llena de planes y proyectos de todo tipo, y uno de ellos relacionado conmigo. Era pues JC aprendiz de zapatero (de hecho, cargaba siempre la típica navaja de zapatero, la que, sumándose a su larga y reluciente cabellera, le valía para que en el barrio le dijeran El Zorro), y se propuso hacerme unos burritos para que fuese con ellos a la escuela. Y lo hizo, incluso les añadió el cubo metálico en las puntillas que por aquel entonces estaba tan de moda. Los recuerdo porque apenas podía levantar mis pequeñitos pies, pero sobre todo porque aquel habría de ser uno de los pocos regalos que recibí en mi infancia.

Los Soprano se instalaron de tal modo en el barrio que organizaban todo el tiempo fiestas en casas vecinas, y se relacionaban con muchachas que llegaban a los jolgorios desde otros sectores; fiestas que acababan en condones desparramados y resacas monumentales, de las que Felisberto y Arturo, de más está decir, formaban parte.

Todos unos malinches desapegados que poco después habrían de llevar sus espíritus a un sitio más permisivo con su libertinaje: San Luis Misuri. Primero se marchó Neptalí, bien a pie, y llegó hasta el otro lado, luego habrían de marcharse, lengüeteados por otra estrella, Alexander y JC, pues no sé cómo, pero consiguieron viajar en avión hasta México. Y a la mierda.

Felisberto siempre fue una persona seria, gruñona, paternal, que sentía esa absurda responsabilidad de ser nuestro hermano mayor (a los vaivenes de su humor supongo que Arturo estaba muy habituado). Arturo, por su parte, siempre fue discretamente alegre y ocurrente, aunque perturbado, en determinadas ocasiones, por las depresiones más hondas. Lo que sí tenían en común era la estrategia, el método para escaparse de sus angustias, fueran las que fueran (técnica de la que me valdría yo tiempo después): alcoholizarse.

Recuerdo también que, mientras Arturo y yo jugábamos con unos soldaditos de plástico frente a la casa (era rarísimo que Felisberto o Arturo quisieran jugar conmigo, lógico escenario por nuestra edad en contraste), vimos a distancia cómo un hombre corría espavorido, bajando por la calle. La policía le seguía el paso, y uno de los uniformados le disparó dos veces en la espalda, pese a ello, el sujeto no se detuvo, continúo andando hasta que lo perdimos de vista. «¡Métanse, pendejos!», nos gritó uno de los policías al pasar frente a nosotros. Poco después nos enteramos de que aquel sujeto acababa de matar a un sexagenario por robarle una cadena de plata.

Y lo conveniente es parar acá. Van pareciendo estos párrafos un memorial cuando se trata de una rareza de diario. Basta con añadir que poco después llegué a la edad en la que un niño comienza a olerse a sí mismo, que es en esencia el momento en el que la infancia se pierde. Lo mejor es frenar a esta parte mis recuerdos de infancia porque, desde que empezara a escribirlos, comenzaron a surgir muchísimos recuerdos más, límpidos, como bañados por una luz intensa.

Como por ejemplo el recuerdo de mi padre haciéndome cosquillas con su barba mientras me cargaba.

Tampoco quiero que lo aquí vertido sea una versión tercermundista de la serie *Los años maravillosos*.

Así que ya basta. Tal vez todo esto se trate de unas ganas absurdas de exhibir lo sobrado que he andado siempre de recuerdos. O quizás esta parte del texto la escribo en secreto para mí mismo, aunque también se las cuente a ustedes. Sí, tal vez solo estoy describiendo para mí mismo un poco de mi infancia tratando de explicarme y con algo de suerte justificar lo que devendría, la persona en la que me convertí. ¿Pero justificar qué? Somos lo que somos y la vida es veloz y triste. ¿No les parece todo muy raro? Ni siquiera sé por qué he escrito que todo es muy raro...

Llegamos a la vivienda de Mariela. De sus padres, aclaró ella mientras nos conducía al mirador. Yo apenas hablaba porque andaba mudo de la emoción. Sofía me tenía del brazo y yo sentía un extraño placer a su lado. Hasta se me borró de golpe la conciencia que tenía de que mi destino hasta entonces había sido muy adverso y por mi propia mano.

En el lugar estábamos Mariela, Tenoch, Alicia, Joaquín, Oto, Sofía y yo, además de un cocker spaniel que habría de desaparecer esa misma noche, quizá por descuido. El ambiente, por otro lado, se tornó mágico y de gran frenesí cuando Mariela encendió el estéreo y comenzó a tintinear la música electrónica y bebimos vino y varios cocteles endiablados que ella misma preparó. Ya era hora, pensaba yo, pues no todo en mi vida tenían que ser infortunios e idioteces de mi parte, de intentar comunicarle a Sofía lo maravilloso que de repente me parecía todo, pero ella me arremetía contándome alegre cualquier cosa.

Durante algo más de dos horas estuvimos ahí, bebiendo y escuchando canciones. Yo miraba a Tenoch de vez en cuando y pensaba que las personas inteligentes (y ése era su caso) tienen la risa rápida y la sonrisa lenta. Y para qué negarlo: también miraba de vez en cuando los pechos de Alicia, la rellenita, que ametrallaban el espacio.

Sofía miraba esporádicamente las luces de la ciudad y yo, entre otras cosas, sentía la jodiona necesidad de emborracharme, pero de pronto escuché una voz que salía de mí mismo aconsejándome a no beber más de la cuenta. Y obedecí. Incluso sentí c0mo esa misma voz me ofrecía unas palmaditas. Pensé además que, cuando miré a Sofía entrar al NoName, creí que no se tomaría la molestia de reparar en mí siquiera, pero estaba muy equivocado. Y así es la vida. Todo lo que vemos o pensamos está casi siempre equivocado. Cierto es también que yo miraba a Sofía y ya sentía esa rara melancolía de volver a donde nunca estuve. También quise preguntarle por qué sentía tanto interés por mí, pero me pareció una idiotez preguntar algo cuya respuesta me concernía un comino. Entonces tomé ceremoniosamente su mano y le dije, viéndola de frente y con toda la seriedad posible:

—De mí se dice esto y lo otro, bueno y malo. Pero la verdad es ésta: soy solo una persona incapaz de citar algo que no sean mis propias palabras, no importa quien las haya escrito. Y que mi cara de aburrido te lleve a pensar que soy más divertido cuando escribo, y no al revés.

Ella sonrió callada. Luego se volteó hacia la ciudad, con los brazos apoyados en el balcón, y yo imité su postura.

—Es una ciudad bonita —dijo.

—Y un tanto decrepita. A veces fría y casi siempre calurosa. Es una ciudad que no me atrae, pero me he acostumbrado a ella como quien se acostumbra a una vieja dolencia. Se la regalo a quien la quiera —le dije.

—¿A mí? —dijo, muy juguetona.

—A vos. Aunque es mucha nada, sin duda.

Entonces descubrí que estábamos más allá de la medianoche. Y tenía además algo muy claro, y lo tenía tan claro como el resto de la gente de la ciudad: no tardaría mucho en llover nuevamente, por lo que Mariela nos sugirió quedarnos ahí, en casa de sus padres, pero ni a Joaco y mucho menos a Sofía y a mí nos conmovió la idea, así que Mariela llamó a una empresa de servicio vehicular y luego de despedirnos nos deslizamos hacia Gótica, donde, frente al hotel Gutenberg, dijimos adiós a Joaquín.

Al entrar, subimos por las escaleras y luego entramos a la habitación, y yo lo hice con mucha mayor timidez de la que había sentido en dichas circunstancias.

Cuando Sofía encendió la luz miré que en la mesita de noche estaba el libro *El viejo y el mar*, libro que jamás había leído, dato que no solté. Ella, por su parte, dijo que comenzó a leerlo durante el viaje y que lo terminaría a su regreso. Entonces comenzó a llover. Le dije a Sofía que me fascinaba la lluvia, casi temblando, pero tratando de aparentar un aire firme, luego tomé la silla que había cerca de la puerta del baño y la coloqué frente a ella, que estaba sentada en la cama, mucho más nerviosa que yo. Me senté y empecé a notar estrechamente cerca el temblor de sus labios frescos y rojos y tan fragantes. La miraba como a un sueño, detectando con la mayor precisión del mundo su diabólico magnetismo, su poderoso embrujo carnal.

Dominado de pronto por un impulso repentino, empecé a acariciarle las mejillas, a pasarle los dedos por encima de las cejas y bajo los ojos y por detrás de las orejas. Me sentía drogado por su belleza y contento, presa de una alegría fúnebre, tan rara como silenciosa, una alegría triste, sin música. Lo pensé así, lo recuerdo, recuerdo que lo pensé así pero solo por un momento porque luego me olvidé de todo cuanto existía y me sentí en la gloria al besarla y ya tan sólo me decía que la única alegría verdadera es la que nos ofrece el amor.

Y no voy a describir lo que sucedió después porque ya lo decía Hemingway en su tesis sobre el cuento, en su famosa *Teoría del iceberg*: lo más importante nunca se cuenta. Pero sí voy a resumir, con mi gran capacidad de síntesis, el suceso: entré en una especie de beatitud, y fue delicioso, balsámico. Aquello fue, en tres palabras un tanto socorridas pero no por ello menos atinadas, pura gloria celestial.

A la mañana siguiente salimos a comprar lo necesario (Sofía no reparó en gastos, fueron éstos monstruosos) y volvimos cuanto antes a la habitación. Estábamos experimentando un achaque de apego. Y vale aclarar que no todo se redujo al sexo; en realidad hablábamos de todo. Porque la intimidad no consiste únicamente en desnudarse y abrazarse, como las personas ingenuas lo imaginan, sino en comentar el mundo.

Hacia la medianoche del sábado, completamente extenuados, Sofía no pudo más y se quedó dormida. Yo me acerqué a la ventana y mientras fumaba fui capaz de oír al Tiempo caer, gota a gota, y sin oír a ninguna de las gotas que caían. Y a cada tanto contemplaba a Sofía sobre la cama, hasta que sonreí al comprender por qué me resultaba familiar: se parecía considerablemente a la actriz Adèle Exarchopoulos. Entonces miré nuevamente el libro de Hemingway en la mesita de noche y decidí leerlo. Llevé la silla hacia la ventana y fumé y lo leí. No me llevó mucho tiempo, pues en realidad se trata de un libro breve, y comprendí, luego de leer su última página, que el cosmos de alguna manera estaba alineándose a mi favor, pues, a fin de cuentas, *El viejo y el mar* no es sino una historia que trata del coraje de un hombre frente al fracaso.

Entonces comenzó a llover nuevamente. Me paré frente a la ventana, escuché con cierto placer los truenos y jugué a sentir miedo con los relámpagos. En cuanto aflojó la lluvia, me sentí a gusto con la vida, y poco después me acosté junto a Sofía y me dormí casi de inmediato.

Sofía no asistió a las conferencias del sábado, fingió malestar para pasar todo el tiempo posible conmigo. Pero ese domingo y desde muy temprano, tenía que asistir forzosamente al cierre de los eventos. Así que mientras la veía vestirse se fraguaba en mí un amargo, extraño pozo, pues ella me dijo que, acabado el programa, debía volver a su ciudad.

Yo la miraba vestirse y eso equivalía para mí a estar oyendo una canción. Sí, era como si no la estuviera viendo únicamente, sino escuchando algo muy bello, extraño, nunca oído y, sin embargo, sumamente familiar. Ahí estaba ella, una preciosa muchacha ofreciéndome su torneada nuca mientras se abotonaba una sandalia. Eso era Sofía, una bellísima canción abotonándose una sandalia.

Antes de despedirse, me abrazó por mucho tiempo y se me quedó mirando fijamente, y yo no sabía si triste o si compadeciéndose de algo. Lo que sí, es que quise decirle que la amaba, pero me pareció que era dar un paso peligroso, incluso dar una pista innecesaria acerca de lo que en realidad podía estar sintiendo por ella. Porque seamos francos: ser amorosos es no saber nada sobre el amor.

—Nos vemos pronto —me dijo, algo triste, pero queriéndome.

Yo le dije lo mismo en un tono muy cortés pero casi al borde de perder la compostura, y luego la vi marcharse, en silencio, mientras sentía cómo mi cuerpo se caía a pedazos. Soy un hombre cobarde; no le pedí su número telefónico o le pregunté cómo aparecía en Facebook para eludir la angustia de esperar sus mensajes. No dije absolutamente nada más, pero es que nada. Me sentía tan menoscabado que, de hecho, pensé que, de volver a nacer, si alguna divinidad me ofreciera la posibilidad de volver a nacer y vivir nuevamente otra vida, pondría una sola condición en el contrato: no tener que emocionarme más de lo indispensable.

Y tendido en la cama estuve en la habitación hasta poco después del mediodía. Comprendí que no tenía salida, que hiciera lo que hiciera estaba condenado a recordar a Sofía para siempre. Por otro lado, todo lo ocurrido me parecía una frase incompleta. Y pensé que eso era esencialmente la vida: una frase incompleta. Una frase incompleta que a la larga no está a la altura de lo que esperábamos.

Sin embargo, todo aquello no era cuestión de desalentarse a las primeras de cambio. Percibí además que yo solía entenderlo casi todo a excepción de lo más simple. Quizás por ello no entendía la vida, porque era precisamente demasiado sencilla. El amor, la alegría, la tristeza, son todos estados de imbecilidad transitoria, ¿y eso qué? Definitivamente estaba experimentado algo parecido a un trasplante de personalidad.

Como si fuese un personaje de Vince Gilligan cambiándose a sí mismo.

Sentí incluso la endiablada necesidad de aporrear el teclado de mi viejo pc, empeñado en hacer florecer la magia de las palabras; escribir y escribir, pues consideré en aquel momento que todo en el mundo existe para acabar entre las cubiertas de un libro. Por otro lado, sentía que por fin había recaído sobre mí la responsabilidad y hasta le había encontrado por fin un respetable sentido a mi decisión de no ser más un fracasado. Así que salí del hotel Gutenberg mientras pensaba en publicar mi primer libro, en darle cierta alegría a mis primeros pasos en las letras. Caminé hasta llegar a la catedral y me senté en las gradas mientras pensaba en lo que escribiría, pues me sentía cargado de poemas, de capítulos. Pensé además que los temas podrían llegar a ser siempre los mismos, pero que ese no sería exactamente un problema porque era inevitable que no lo fueran, claro estaba, y aún más claro todo cuando el escritor es un neurótico como yo.

Sí, en aquellas gradas, como desde antes de salir de casa y conocer a Sofía, experimentada la fervorosa necesidad de escribir un libro potencialmente inleible, un libro que no le gustaría a la mayoría por puro resentimiento o por ignorancia, que es precisamente lo que pasa tanto en la literatura como en el cine, en el arte en general: es una cuestión de gustos, es decir, de limitaciones.

¿Y cuál sería la trama de mis escritos? Pues ninguna, pensé. Que se joda la trama. Lo que hay capturar es la sensación de estar vivos.

Le ofrecí, justo ahí, en las gradas de la catedral, unas palmaditas a la frase de Ramón Eder, esa que dice que el carácter se forma los domingos por la tarde, y luego le pregunté la hora a un transeúnte. Eran la 1:45. Entonces me dirigí a la parada de autobuses, y mientras esperaba a que uno apareciera, pensé que no era yo una persona de las que salen favorecidas en las fotos, pero que ya tocaba aparecer en ellas y como escritor. Había que escribir, olvidar mi diminuto mundo de pronóstico grave. Pasaría los odiosos días que me restaban escribiendo, escribiendo desde el alba hasta el anochecer, y fumaría satisfecho bajo la luz de la luna de nieve de Gótica.

¿Acaso no es la ambición el último refugio del fracaso?

Y entonces, mientras esperaba mi respectivo autobús, recordé súbitamente que ese día, se suponía, me esperaba a las 2:00 pm y en el Espresso la Clara Fernández que escribió a mi Messenger, días atrás, y aunque no respondí sus mensajes, pensé que ella podría estar ahí, a la hora acordada, así que sin pensarlo dos veces dirigí mis pasos al referido mientras cavilaba en que *poesía* es en realidad el nombre esquivo del universo.

Cuando entré al Espresso hurgué mis bolsillos para saber si me alcanzaba para comprar siquiera el café más barato, y entonces encontré la pequeña y negra pajilla.

La miré por unos instantes mientras la sostenía en mi mano, algo retraído, pero luego, sin remordimiento, sin angustia, sintiéndome como una de esas personas que tantas verdades fingidas inventan, creyéndome ya del todo un prosista, la arrojé con mucho estilo y a cierta distancia, como si tuviera un posgrado en eso de lanzar pajillas.

Cuando comprobé que no podía comprar nada, elegí una de las mesas desde la que podía ver a bocajarro la entrada y salida de la gente, muy dado a la tarea de suponer la silueta de la tal Clara Fernández. Y algunas personas ingresaron, pero ninguna figura femenina se me acercaba diciendo: «Disculpe, ¿Bruno Díaz?», y eso que ya el reloj señalaba las 2:30 pm. Pero entonces, justamente cuando de los tímidos altavoces del Espresso reconocí la inopinada canción *A 1000 Times* de Hamilton Leithauser, empujando la puerta de vidrio y mirando hacia el interior con curiosidad nada contenida, me atropelló, me encontré de repente con una forma.

—Hola —me dijo ella luego de verme y acercarse, con un gesto muy amplio de complacencia, el de una persona a quien sus planes le han salido a la perfección.

—¿Vos te llamás Clara Fernández? —le dije poco después, íntegramente impresionado, contento.

—Sí —me dijo ella alegre y mientras colocaba su maleta en una de las sillas. —Mi nombre es Clara Sofía Fernández.

Yo había decidido, hacía ya un par de años, morir siendo un infeliz, un desdichado, vivir sumergido en mi ridícula actitud de pobre diablo, pero jodió mis planes la felicidad. En aquel momento me llegó la rara sensación de adentrarme, acaso sin proponérmelo, en la primera página de un libro feliz.

Made in the USA
Columbia, SC
15 August 2024